Antologia Poética

Eustáquio Gorgone De Oliveira

1974 - 2010

Coordenação editorial Sálvio Nienkötter

Editor executivo Claudecir Rocha

Editora assistente Daniel Osiecki/ João Lucas Dusi

Capa Jussara Salazar

Projeto gráfico Isadora M. Castro Custódio

Produção Cristiane Nienkötter

Dados Internacionais de Catalogação na Publicação (CIP)
Angélica Ilacqua CRB-8/7057

Antologia poética : Eustáquio Gorgone de Oliveira : 1974 - 2010 / organização e apresentação de Edimilson de Almeida Pereira e Prisca Agustoni. – Curitiba : Kotter Editorial, 2022.

226 p.

ISBN 978-65-5361-086-6

1. Poesia brasileira 2. Oliveira, Eustáquio Gorgone de – 1979-2010 - Antologia I. Pereira, Edimilson de Almeida II. Prisca

22-2732 CDD B869.1

Kotter Editorial
Rua das Cerejeiras, 194
82700-510 | Curitiba/PR
+55 41 3585-5161
www.kotter.com.br |
contato@kotter.com.br

1ª edição 2022

Antologia Poética

Eustáquio Gorgone De Oliveira

1974 - 2010

ORGANIZAÇÃO E APRESENTAÇÃO

Edimilson de Almeida Pereira
Prisca Agustoni

KOTTER
EDITORIAL

Foto: Wagner de Castro Oliveira, 2009

SUMÁRIO

VIDA E OBRA

Entre 2011 e 2012, em colaboração com Eustáquio Gorgone, organizamos um volume de sua poesia completa. O poeta revisou todos os poemas, fixando as versões que considerava definitivas. A reunião de vinte e dois livros, incluindo três inéditos, configurou uma obra volumosa, rica em temas e abordagens da experiência poética. Delineou também o perfil de um poeta que se destaca por ser lírico, transcendente, hermético e, simultaneamente, atento aos dilemas sociais, aos apelos do erotismo e à sátira dos hábitos sociais conservadores.

Em vista do falecimento do poeta em 2012, adiamos o projeto de publicação de sua poesia completa. Nos anos seguintes, dificuldades editoriais e financeiras inviabilizaram a publicação do extenso volume de poesia reunida. Diante disso, optamos pela organização e a divulgação da presente antologia. Ressaltamos, porém, que a publicação da obra completa do autor é um projeto que esperamos concretizar tão logo se apresentem as condições favoráveis.

Filho de José de Oliveira Moura e Maria José Gorgone de Oliveira, Eustáquio Gorgone de Oliveira nasceu em Caxambu, sul de Minas Gerais, em 22 de abril de 1949. Em 1959, concluiu o curso primário no Grupo Escolar Padre Corrêa de Almeida. Em 1960, ingressou no curso secundário, no Ginásio Caxambu, dirigido pelos padres da ordem religiosa Clérigos Regulares de São Paulo ou Barnabitas. Em 1965, na vizinha cidade de Baependi, frequentou o Colégio Nossa Senhora de Montserrat, sob a direção do frei Theodorus Köpp.

Em 1967-1968 o poeta lecionou História e Geografia na Escola Técnica de Comércio de Caxambu. Matriculou-se no curso de Letras no Instituto Superior de Ciências e Letras de Três Corações, em 1969. Nesse ano, ingressou no curso de Geologia da Universidade Federal Rural do Estado do Rio de Janeiro, abandonando as aulas após dois semestres. De volta a Minas, licenciou-se em Letras, em 1973, pelo Instituto Superior de Ciências e Letras de Três Corações.

De 1974 a 1978, residiu no Rio de Janeiro. Lecionou Literatura no colégio CENIAB, em Angra dos Reis e publicou pela Editora Pongetti o livro *Delirium-tremens* prefaciado por Marcos Konder Reis. Em 1979 ingressou no serviço público federal, trabalhando no antigo Instituto Nacional de Previdência Social, em sua cidade natal. Em julho desse ano, casou-se com Solange Abreu de Castro com quem teve três filhos. Em 1987, obteve a licenciatura em Pedagogia pela UNICOR, em Três Corações.

Entre 1983 e 2009, Eustáquio Gorgone publicou vários livros em edições alternativas. Dentre esses, destacam-se a antologia *Tear de imagens* (Edições d'lira, Juiz de Fora, 1990) prefaciada por Iacyr Anderson Freitas e *A fortaleza de feno* (Edição do Autor, Caxambu, 2009) com ilustrações de Pedro Leal.

No mesmo período, participou de antologias nacionais e internacionais: *Antologia da nova poesia brasileira* (Rio de Janeiro, 1992) organizada por Olga Savary; *International Poetry Review* publicada pela University of North Carolina, Greensboro (USA, 1997) com traduções de Steven F. White; *Ricerca research recherche*, Lece (Itália, 2000) organizada pela poeta e professora Vera Lúcia de Oliveira; *Poesia em movimento* (Juiz de Fora 2002) organizada pelo jornalista Jorge Sanglard; *Oiro de Minas: a nova poesia das Gerais* (Lisboa, 2007) organizada por Prisca Agustoni. Em 2008 foi incluído no livro *Il corpo dissonante: cinque poeti brasiliani contemporanei* (Lugano, Suíça) organizado e traduzido por Prisca Agustoni.

Eustáquio Gorgone obteve diversas distinções literárias, dentre as quais, Menção Honrosa no Prêmio Cruz e Sousa de Literatura (Fundação Catarinense de Cultura, Florianópolis, 1998); 1º lugar no Prêmio Estímulo às Artes pelo livro *A janela do verbo assistir* (Fundação Clóvis Salgado e Suplemento Literário de Minas Gerais, Belo Horizonte, 2005); Menção Honrosa pelo livro *A janela do verbo assistir* no Prêmio Paulo Mendes Campos (União Brasileira de Escritores, Rio de Janeiro, 2005); 1º lugar pelo livro inédito *O cavalo e a sombra* no Concurso Nacional de Literatura Cidade de Belo Horizonte (Secretaria Municipal de Cultura de Belo Horizonte, 2005); Menção Honrosa no Prêmio Mário

Quintana (Secretaria de Estado da Cultura do Rio Grande do Sul nas comemorações do centenário de nascimento de Mário Quintana, 2006); 1° lugar no Concurso Literário São Bernardo do Campo (Secretaria Municipal de Cultura, 2009).

Eustáquio Gorgone faleceu em 26 de março de 2012, em São Paulo. Segundo familiares, o poeta deixou textos inéditos, além dos que foram incluídos nessa antologia.

Os organizadores

APRESENTAÇÃO[1]

Edimilson de Almeida Pereira

> "atribuo esta tristeza à minha
> permanente
> distância dos motivos ilusionistas"
>
> Eustáquio Gorgone de Oliveira
> *Ossos naïves*

Desde o início dos anos 70 do século passado (entre o bucolismo do sul de Minas Gerais e as agitadas incursões ao Rio de Janeiro, Belo Horizonte e Juiz de Fora), Eustáquio Gorgone de Oliveira tece uma das mais originais formas de expressão da poesia brasileira contemporânea. A cartografia mencionada constitui um eixo de relações pessoais e intelectuais que projetam o poeta e sua voz para outras paragens; não por acaso, sua poesia tem sido acolhida por leitores de várias regiões do Brasil e por leitores estrangeiros, através da edição de seus textos em periódicos dos Estados Unidos, Itália, Portugal e Suíça. Pode-se dizer que o *lugar* da poética de Gorgone é múltiplo, como o de todo grande tradutor das expectativas de um tempo e de uma coletividade. A terra, a casa, a família, o abandono, a fraternidade, a violência, a natureza, a cultura são recuperados na linguagem para sustentar as reflexões e perguntas que o poeta estabelece, na ânsia de compreender o mundo. Em outros termos, mais do que registrar lugares geograficamente reconhecíveis, Eustáquio Gorgone constrói sua obra como um *locus* de pensamento e afeto, no qual os embates maiores do homem prescindem de nacionalidade, gênero ou condição social.

---

[1] Essa apresentação é parte de um estudo sobre a poética de Eustáquio Gorgone inserido no livro *Mapa e travessia*, no prelo da Mazza Edições, Belo Horizonte, 2022.

Por isso, apesar do enraizamento dessa poética no solo das Minas não é sua condição última revelar Minas Gerais. Se porções significativas desse território geográfico, histórico e estético comparecem na poética de Eustáquio Gorgone, conferindo-lhe densidade própria, definitivamente, não é nele que se esgotam as suas possibilidades de recepção. A edição dessa *Antologia poética (1974-2010)* de Eustáquio Gorgone exibe constrastes que evidenciam a propriedade desse argumento e ampliam o interesse pelo autor e sua obra. Dentre esses contrastes, destacam-se o insulamento geográfico do poeta e a circulação de sua obra, e a articulação de um método pessoal de trabalho, num período literário que ainda se ressentia do emprego de formas consagradas pela tradição (em especial aquela vinculada a estilos de época como o Barroco) ou pelas vanguardas (a exemplo das projeções do Expressionismo, do Surrealismo e do Concretismo).

Nascido em Caxambu, entre as serras do sul de Minas Gerais, em 22 de abril de 1949, Eustáquio Gorgone de Oliveira trilhou os caminhos de uma formação educacional embasada em fortes valores religiosos. Em 1960, ingressou no curso secundário, no Ginásio Caxambu, dirigido pelos padres da ordem Clérigos Regulares de São Paulo. Em 1965, passou à cidade de Baependi, vizinha a Caxambu, onde frequentou o Colégio Nossa Senhora de Montserrat, sob a direção do frei Theodorus Köpp. Em 1967, concluiu o antigo curso científico no Colégio Nossa Senhora de Montserrat, em Baependi. Nessa etapa de formação, Eustáquio Gorgone percorreu um roteiro bem conhecido da educação formal no Brasil, no qual o ensino dos conteúdos se fazia acompanhar do aprendizado de valores norteados pela cristandade ocidental. Em particular no período ginasial, esses valores se associavam ao estudo das humanidades, do classicismo e, em alguns casos, ao estudo das línguas modernas e das ciências.

O circuito geográfico (representado pela cidade do interior, de vida discreta, apego aos compromissos religiosos e, muitas vezes, de submissão aos mandos e desmandos das oligarquias) e cultural (forjado no ensino e nas normas sociais, que se não estavam totalmente submetidas à intenção religiosa estavam, de maneira não menos evidente, bastante influenciadas por elas) contribuíram para criar em torno de Eustáquio Gorgone uma certa mitologia pessoal. Qual seja, a do homem tímido, avesso às rodas literárias que tantos louros conferem a quem as frequenta, com ou sem talento. Como resultado dessa bem urdida mitologia, circulou entre os companheiros de Juiz de Fora a anedota de que, por ser tão reservado, o poeta construíra sua casa com a frente voltada para os fundos do terreno.

Contudo, quando observamos o respeito pela obra de Gorgone, fruto de uma restrita, embora persistente circulação de seus livros, concluímos que a provável timidez nos relacionamentos literários terá outro nome; será estratégia poética e fraternalmente assumida pelo poeta a fim de dar a ver a Obra e, sendo desejável, também o Homem múltiplo, por dentro, que a realiza. O insulamento, nesse caso, não ocorre pela opção do poeta em permanecer no interior, furtando-se aos espaços midiáticos dos grandes centros urbanos; menos ainda, pela carência de escuta da atividade intelectual na sociedade, motivo de tormento para Gregório de Matos Guerra no Brasil setecentista. No caso de Eustáquio Gorgone, ambas as rupturas foram superadas, seja pelas sucessivas viagens ou pelas novas tecnologias que encurtam distâncias físicas, seja pela conquista de um público leitor fiel, que supre a quantidade pela qualidade da escuta à sua obra.

O insulamento será, portanto, uma postura metafísica, conscientemente sustentada pelo poeta, no intuito de preservar, em meio às contendas da vida contemporânea, um modo particular de relacionamento com o mundo e com a sociedade. Desde esse modo de ser poeta, Eustáquio Gorgone elege a disciplina e a paciência como pontas de lança de sua atividade criadora. Prova disso é que seus livros são urdidos de forma contínua, mas sem alarde, e apresentados em pequenas tiragens, como notas de uma estrutura musical mais ampla. Ou, como fragmentos de imagens que, ao fim e ao cabo, desenharão uma paisagem sem fronteiras. Vale lembrar que dos 22 livros de Eustáquio Gorgone, presentes nesta edição, 12 foram publicados às expensas do autor (veja-se a indicação constante em vários deles: "Edição do Autor"), 3 sob o selo de pequenas editoras (Pongetti, d'lira) e 3 sob o patrocínio de fundações em regime de coedição (Funalfa/ 7Letras, Fundação Clóvis Salgado).

Além disso, 3 livros, inéditos até o momento, ajudam a compor a *Obra Reunida* de um poeta, assim como outros, quase secreto.

Em termos de visibilidade no cenário literário, o insulamento cria para Eustáquio Gorgone uma situação singular, que resulta desse modo de mostrar-se e ocultar-se, simultaneamente. Queremos dizer que, ao mesmo tempo em que o autor está ausente de antologias ou compilações críticas de relevo (a exemplo do *Roteiro da poesia brasileira anos 80*, organizada por Ricardo Vieira Lima[2], e do *Dicionário biobibliográfico de escritores mineiros*, organizado por Constância Lima Duarte, docente e pesquisadora da UFMG[3]), faz-se presente em publicações de natureza semelhante como a *Antologia da nova poesia brasileira*, selecionada e apresentada por Olga Savary[4], e o volume *A poesia mineira no século XX*, editada por Assis Brasil.[5]

Porém, a ruptura desse paradoxo ocorre quando observamos que a discrição das edições de Eustáquio Gorgone não significou, de fato, um obstáculo à circulação de sua poética. O que se nota, na verdade, é a formação de um público atento, que se desdobra para ecoar, em diferentes contextos, a voz de Gorgone. Há que se reconhecer, nesse momento, o papel mediador desempenhado pelas revistas e antologias, que acolhem e fazem circular a poética do autor de *Delirium-tremens*. Dentre esses veículos, destacamos: o especial "Brazil Issue" da *International Poetry Review*, da Universidade da Carolina do Norte.[6] Neste número, sob os cuidados do poeta e crítico norte-americano Steven F. White, ao lado de nomes como Sebastião Nunes, Ana Cristina César, Carlos Nejar, Chacal e Manoel de Barros figura o de Eustáquio Gorgone de Oliveira.

---

[2] LIMA, Ricardo Vieira (org.). *Roteiro da poesia brasileira anos 80*. São Paulo: Global, 2010.

[3] DUARTE, Constância Lima (org.). *Dicionário biobibliográfico de escritores mineiros*. Belo Horizonte: Autêntica, 2010.

[4] SAVARY, Olga. *Antologia da nova poesia brasileira*. Rio de Janeiro: Fundação Rio/Hipocampo, 1992.

[5] BRASIL, Assis (org.). *A poesia mineira no século XX*. Rio de Janeiro: Imago, 1998.

[6] WHITE, Steven (org.). *International Poetry Review*. Greensboro: The University of North Carolina, Department of Romance Languages. Vol. XXIII, Number 1, Spring 1997.

Por sua vez, a poeta e crítica suíça Prisca Agustoni, tem dedicado especial atenção à poética de Eustáquio Gorgone, incluindo-a em várias antologias, destacando-se os livros *Il corpo dissonante*[7] e *Oiro de Minas*,[8] editados na Suíça e em Portugal, respectivamente; e as revistas *Semicerchio*,[9] da Itália, e *Viceversa*,[10] da Suíça. Igual procedimento adotou o jornalista Jorge Sanglard, ao incluir poemas de Gorgone na antologia *Poesia em movimento: antologia*,[11] publicada em Juiz de Fora. Como se depreende, as edições impressas e, recentemente as publicações na *web*,[12] relativizam o insulamento do autor de *Tear de imagens*, pois o acesso à sua obra se realiza num horizonte em que o discurso poético interage, e também compete, com discursos de outras áreas. A manter-se a discrição do poeta em contraponto com a circulação de sua obra, podemos considerar que o insulamento se confirma como uma estratégia, segundo a qual a visibilidade da experiência poética não decorre da pirotecnia estética ou midiática, mas da densidade que a torna indispensável, mesmo quando já não parece ser notada.

Dentre os contrastes que permeiam a poética de Eustáquio Gorgone, chama a atenção o fato de o autor sobressair-se com voz e estilo próprios num período (o final da década de 1970) em que as releituras do Modernismo, as assimilações fragmentadas do Concretismo e a aposta na relação vida-poesia dos chamados autores marginais se apresentavam como horizonte para quem se interessava por pertencer a uma determinada comunidade de poetas. Sem furtar-se ao conhecimento dessas

---

[7] AGUSTONI, Prisca (trad. e org.). *Il corpo dissonante: cinque poeti brasiliani contemporanei*. Lugano: Alla Chiara Fonte editore, 2007.

[8] AGUSTONI, Prisca (org.). *Oiro de Minas: a nova poesia das Gerais*. Lisboa: Pasárgada/ Ardósia Associação Cultural, 2007.

[9] AGUSTONI, Prisca (trad. e org.). "Poesia brasiliana contemporanea: i poeti dell'Abre Alas di Minas Gerais –1980-2000". In: *Semicerchio: rivista di poesia comparata*. Firenze/ Italia: Casa Editrice Le Lettere, nº XXVI-XXVII, 2002.

[10] AGUSTONI, Prisca (trad. e org.). "Poesie di Eustáquio Gorgone de Oliveira". In: *Viceversa letteratura 5*. Bellinzona/ Svizzera: Edizioni Casagrande, 2011.

[11] SANGLARD, Jorge (org.). *Poesia em movimento: antologia*. Juiz de Fora: Editora da UFJF, 2002.

[12] Ver *Agulha* (www.revista.agulha.nom.br/eus.html); *Tanto* (www.tanto.com.br/Eustaquio.htm); *Germina* (www.germinaliteratura.com.br/2009/eustaquio_gorgone.htm).

tendências, Eustáquio Gorgone cerziu com precisão, desde a sua estreia em 1979, um universo poético para o qual, até o momento, podemos evocar antecedentes, mas não sucessores. Para os conhecedores do percurso de Gorgone esta afirmação não soa exagerada, pois, apesar da discrição do autor, sua obra se prospecta como um território – dentro do que é permitido à poesia – indispensável, já que provoca as tradições literárias e culturais (sem prescindir delas), celebra a integridade da palavra (sem deixar de desconfiar de seus limites) e investe no diálogo entre as diferenças (sem abandonar-se a um relativismo estéril, que inviabiliza a tomada de posições em face dos conflitos).

Para quem aprecia as relações entre autores, estilos e épocas, a obra de Eustáquio tem muito a oferecer. Não há como não encontrar em sua poética traços do Barroco que, nas Minas Gerais do século XVIII, moldou procedimentos e inspirou atos de burla e rebeldia. Na adoção do jogo, na ênfase aos paradoxos ou na evocação de um cenário místico e sensual, permeado por atos sagrados e profanos, a poética de Gorgone se insere numa tradição que enforma os sonetos mais tensos de Cláudio Manuel da Costa ou os retábulos recortados por curvas e abismos de Antônio Francisco Lisboa. Já em seu primeiro livro, *Delirium-tremens*, o poeta invoca esse referencial estético e cultural do Barroco: "Creia, *prima facie*, que os joelhos/ Foram feitos para caírem,/E os santos pintados a óleo existem/Para colorir as ruas escuras."

No contraponto da tradição, sem romper de todo o diálogo com ela, Gorgone emprega algumas técnicas da vanguarda concretista, que, durante as décadas de 1970-1980, foram apropriadas por autores não necessariamente vinculados à vertente da poesia visual. A tomada do espaço gráfico como elemento constituinte do poema, a fragmentação da palavra e a ruptura da unidade rítmico-formal representada pelo verso, alguns dos recursos de alta rentabilidade estética utilizados pelos adeptos da poesia visual, foram assimilados de maneira não programática por Eustáquio Gorgone. Aqui e ali, o poeta se vale desses recursos, mediante uma leitura própria, assim como o faz em relação aos procedimentos gerados no âmbito do Surrealismo ou do Barroco. Porém, aos elementos característicos da poesia visual o poeta associou um campo semântico de herança barroca ou, dito de outra maneira, tradicional, gerando um contraste entre a forma vanguardista e o conteúdo de um barroco revisitado, como podemos notar em montagens esparsas que compõem os livros *O cavalo e a sombra*, inédito, e *Exercícios* (1986), do qual extraímos o poema a seguir:

A depressão
dobra as sobrancelhas   é meia
de calçar   a língua
vermelhas flores   vinagre
véspera da tua chegada   ada.
Quando   estás   perto   da
cidade
o sol desce ao chão   por
suas   cordas   e   a   grama   fica
dura como   seta.
Todo   lençol   à   minha volta
açucara cobertor.
Vivo
então sob asfixia   e tristeza,
alegria perde o   g
e tua presença liberta   li
meus cavalos   de pez.

Essa fatura, mais do que ressaltar oposições do tipo tradição *versus* vanguarda, convoca o leitor a um contínuo exercício de interpretação, seu único ancoradouro. Esse estado se instaura porque, segundo o crítico Gilvan Procópio Ribeiro, na poética de Eustáquio Gorgone "o tradicional se vê submetido a um tratamento renovador, de tal forma que os clichês seculares se desmoronam pelas novas articulações e nexos sintáticos que se estabelecem." Prova disso, é que essa poética se fortalece por superar as dicotomias e investir nas negociações, nem sempre fadadas às sínteses. Se, em certa medida, os poemas formalistas de Eustáquio Gorgone se nutrem do experimentalismo ventilado pelas vanguardas – daí a possibilidade de observar os laivos do Concretismo que perpassam aqui e ali a sua obra –, por outro lado, não há como não raciocinar sob outra perspectiva, para ver a relação desse formalismo com os jogos encetados por Luis de Góngora e Francisco de Quevedo, ícones da poesia barroca, para quem a construção rebuscada da imagem podia combinar-se ao refinamento da argumentação e dos conceitos.

Contudo, se tais elementos se anunciam na poética de Eustáquio Gorgone, tal anúncio não significa uma adesão a esta ou àquela vertente, pois sua poética transforma as fontes nas quais ameniza a própria sede. Isto é, não ratifica o apogeu do Barroco, nem logra atingir, como os concretistas, a lógica do poema-objeto, embora se nutra da seiva de ambas as referências.

Em termos gerais, aquilo que ocorre na relação de Gorgone com a tradição e com a vanguarda – isto é, um reconhecimento que é simultaneamente uma transformação – se reduplica no contato com seus pares de criação. No trato com as reminiscências e com o cotidiano rural, como não ver que se acenam o Gorgone de *Passagem na orfandade* e o Carlos Drummond de Andrade de *Boitempo*? Ou o Gorgone de *Delirium-tremens* e a Adélia Prado de *O pelicano*, ambos tangidos pelo sagrado e pelo sismo de uma transgressão interior? Ou o Gorgone de *Fuzis leporinos*, a Cecília Meireles, de *Romanceiro da Inconfidência* e o Afonso Ávila de *Código de Minas*, três vozes indignadas com a opressão perpetrada pelo Estado e pelas oligarquias? Ou, ainda, por conta do sentido telúrico que os toca e da linguagem arcaizante, toda a poesia de Gorgone e a poesia toda de Dantas Mota? Aliás, a propósito deste, o também poeta Carlos Machado fez afirmações que casariam a gosto com a poética de Eustáquio Gorgone. Para Machado, "Dantas Mota é um autor único. O que escreveu não tem similar, nem antes nem depois dele. Aparentemente, não seguiu nenhum outro poeta, nem deixou seguidores."[13] Ou, além do círculo da poesia, o Gorgone de *Pouso Alto* e o Eduardo Frieiro, ensaísta, autor de *Feijão, angu e couve: ensaio sobre a comida dos mineiros?* O diálogo,

[13] Cf. Carlos Machado. Boletim sobre Dantas Mota. Número 264 - Ano 7 - São Paulo, quarta-feira, 1 de abril de 2009. In: <www.algumapoesia.com.br/poesia3/poesianet264.htm >. (Consulta: 11 de março de 2011, 16: 40 min).

nesse caso, torna-se possível a partir do espírito aguçado com que o poeta e o ensaísta atuam como etnólogos, capturando detalhes de uma ordem social, a bem dizer, a dos interiores de Minas Gerais.

Em síntese, as janelas que Eustáquio Gorgone abre para a história da literatura, os estilos de época e seus pares de criação não se limitam ao reconhecimento de afinidades, que permitam ao poeta sentir-se "parte" de um sistema. Antes, o autor problematiza o modo como essas afinidades contribuem para a constituição de uma identidade poética específica. Por isso, uma leitura atenta de sua obra sinaliza que estamos diante de um poeta que não se faz poeta pelos temas que elege mas, sobretudo, pelo método que articula para iluminar nestes temas algo que, à primeira vista, não apreendemos. Tal método procede de uma percepção do ato criativo como uma busca da diversidade de representações, seja para a realidade objetiva ou para as abstrações que rondam o sujeito. O método de criação poética de Eustáquio Gorgone remete a uma das técnicas da gravura em metal, o talho-doce, na qual o desenho emerge diretamente da chapa metálica, como resultado de incisões feitas por ferramentas de aço, pontiagudas, precisas no trato com o material. De maneira semelhante, a palavra de Gorgone entalha na superfície do real aquilo que o próprio real possui de mais profundo. Lembremos aqui que *Talho-doce* é o título de um dos livros do poeta, hábil na reinvenção da realidade que observa.

Aliás, uma cena biográfica de Gorgone nos ajuda a compreender algo de seu método de criação sem que, obviamente, estejamos considerando a obra como reflexo imediato da vida. Trata-se de um exercício de observação do homem por detrás do poema, de aproximação à sua intimidade na intenção de melhor lidarmos com a sua arte poética. No período de 1979 a 2011, o poeta foi funcionário do Instituto Nacional do Seguro Social (INSS). No contato direto com os pacientes, o poeta-funcionário estava encarregado de preencher longos prontuários, contendo informações sobre os pacientes. Enquanto conversava com eles, ao lado das perguntas protocolares, para as quais se esperava respostas protocolares, Gorgone acrescentava outras demandas que tocavam, em geral, nos temas de interesse dos previdenciários que acolhia.

Ao ter como respostas, palavras carregadas de afeto, reveladoras de uma intimidade que não atrai os olhares dos sistemas burocráticos, o poeta terminava por ter diante de si retratos inteiros de pessoas com nome e vida próprios. Estas, por sua vez, entregavam-se, surpreendidas, ao zelo de um funcionário ainda mais poeta, porque justo nos instantes de aridez e impessoalidade, mostrava-se capaz de partilhar o assombro da poesia. A quase invisível poesia que transforma em experiência transcendente o gesto mais fugaz.

Relacionada à cena literária, essa cena de vida ilumina certos aspectos do método de Eustáquio Gorgone. Isto é, o olhar do poeta não se curva às linhas daquilo que convencionamos chamar de realidade ou que, por circunstâncias políticas, culturais e ideológicas nos ensinaram a aceitar como a realidade. No encontro burocrático entre um funcionário público e um requerente de benefícios, Eustáquio Gorgone percebe a violência e a arrogância dos sistemas administrativos. Porém, sem ceder a eles, reage com a serenidade do sujeito crítico, colocando à frente da burocracia os procedimentos silenciosos e corrosivos da poesia. Em sua poética, a realidade é algo maior do que nos é dado, pois é articulada como movimentos e formas simultâneas, sempre passíveis de interpretações diferentes daquelas constituídas como exemplares. Daí, a fina ironia e, em alguns momentos, o sarcasmo que perpassam a poética do autor de *Comarca do Rio das Mortes*, seja para desmontar, sem alardes, os lugares comuns e os consensos sociais, seja para descobrir neles representações e sentidos inesperados, capazes de transformar a maneira como nos relacionamos com a realidade. Por isso, sem contar com o auxílio do milagre, que molda os objetos e as sensações com valores *ab alto*, das ideologias, que conferem sentido a certos fragmentos da história, o poeta trabalha a concretude da linguagem verbal e, simultaneamente, as fronteiras nebulosas do imaginário e do sagrado.

Para termos uma ideia de quanto esse método se envolve com a linguagem verbal, sentida e apreendida em sua concretude, basta verificarmos o rendimento que o poeta obtém, no domínio sintático, do módulo sujeito seguido do predicado nominal: "Minas é lágrima sebenta" (*Minas*), "Seu uniforme é um prepúcio" (*Fuzis leporinos*). Essa ordem apoia o importante papel que os adjetivos, as locuções adjetivas e os predicativos exercem nos poemas. Ao lançar mão desse recurso, Eustáquio Gorgone estimula a realização de uma leitura substantivada dos termos qualificadores, fato que propõe uma poética de nomeações marcada pelo caráter visual e pictórico.

O emprego dos adjetivos é uma das marcas estilísticas de Eustáquio Gorgone e não seria fora de propósito considerar que algumas das observações elaboradas por Ernesto Guerra da Cal acerca do estilo de Eça de Queiroz se aplicariam à poética de Gorgone, desde que levemos em conta, obviamente, as peculiaridades dos momentos históricos e literários em que se situam os dois autores. Guerra da Cal, em estudo clássico sobre o estilo de Eça, anota que muitas análises da obra do autor português ressaltam a presença da adjetivação como "um dos seus meios expressivos de mais penetrante e original irradiação pessoal (...)."[14] Isso se articulou à medida que Eça evitou a aliança lógica que, gramaticalmente, confere ao adjetivo a condição de qualificativo previsível do substantivo. Numa interpretação pessoal dessa regra, Eça evita "o adjetivo que, por sua propriedade lexicológica, se junta ao nome pelos caminhos retos e sancionados do dicionário. Ao contrário, procura impor ao substantivo uniões desacostumadas com epítetos e qualificativos à primeira vista impróprios, que pareceriam evitar a relação com ele."[15]

Longe de propormos, aqui, para a poética de Eustáquio Gorgone uma análise tão rica e detalhada quanto a que Gerra da Cal realizou para a obra de Eça, nos permitimos afirmar que pelo menos o uso do adjetivo em combinações insólitas com o substantivo constitui um procedimento comum a ambos. Se o autor de *O primo Basílio* nos surpreende com construções como "jejuns transparentes", "faces pensadoras dos rochedos", "sonhos espessos",[16] outra não será a reação dos leitores de Gorgone diante de proposições como: "namorados bicéfalos" (*Delirium-tremens*), "chuva azeda nas ruas" (*Sol versus sol*), "sinos roufenhos

[14] GUERRA DA CAL, Ernesto. *Língua e estilo de Eça de Queiroz.* Rio de Janeiro: Tempo Brasileiro, 1969, p. 111.

[15] *Idem*, p. 113.

[16] *Ibidem*, p. 115, 131, 132.

das torres" (*Litogravuras*), "um efebo ferroviário/e sua dama aritmética" (*Visitando a cidade*) etc.

O diálogo estilístico – que pode resultar da ação intencional do poeta ou de articulações teóricas produzidas no decorrer da análise crítica – permite-nos contrastar, no tocante à construção de imagens, a poética de Eustáquio Gorgone com a do poeta irlandês Dylan Thomas. Note-se que não falamos em diálogo por afinidade de processos mas, antes, em diálogo por aferição dos contrastes que se tornam visíveis na formulação de um mesmo processo. Como afirma Dylan Thomas, a respeito de sua obra, cada "imagem encerra no seu centro o germe da própria destruição e, segundo creio, o meu processo consiste numa ininterrupta construção e destruição de imagens que saem do núcleo central que é, ao mesmo tempo, destruidor e construtivo."[17] Thomas, a partir de um imagem criada emocionalmente, labora para "que se crie outra e que esta se oponha à primeira" e que "da terceira nascida das outras duas se forme uma quarta contraditória" evidenciando, nesse processo, a intervenção de suas "faculdades intelectuais e críticas."[18]

No processo de Eustáquio Gorgone a imagem não se desdobra a partir de "um núcleo central; de fato, cada imagem é autônoma e ao associar-se a outras num *continuum* (e aqui se resume a semelhança com o processo de Dylan Thomas) eclode na constelação que é o poema. Por outro lado, se em Thomas a imagem é construção/destruição de si mesma, em Gorgone cada imagem, por ser autônoma, pode assim permanecer, isolada ou associar-se a outras no corpo do poema. Prova disso é que muitas das imagens de Gorgone funcionam como micropoemas:

> [...] a volúpia vaga
> Sondando o ânus dos animais (*Delirium-tremens*)

---

[17] THOMAS, Dylan. *A mão ao assinar este papel.* Tradução e prefácio Fernando Guimarães. Lisboa: Assírio & Alvim, 1990, p. 12.

[18] *Idem*, p. 12.

[...] os bois de mola,
presos na montanha, me enternecem. (*Talho-doce*)

Ou, pelo recurso da acumulação, como macropoemas:

Céu verde.
Infância assediada por montanhas,
rios com peixes de malacacheta,
mamoeiro tirando leite da terra,
relâmpagos com talhas luminosas,
pedras rajadas, livros, escolas,
galos de seda na madrugada,
farinha úmida de sonhos,
doce inverno, cruz em broto,
rosas e a rosa do corpo. (*Exercícios*)

As relações entre a produção de imagens na poética de Gorgone e a de outros autores demonstram que, muitas vezes, a eficácia de determinado processo transcende as particularidades históricas, sociais e estéticas. Sobretudo se o que está em jogo é a urgência em dar sentido à realidade ou, literalmente, criar uma realidade outra, capaz de sublimar as dores e desmandos verificados na primeira. Por isso, a reiteração de um amplo repertório de imagens, acompanhado da respectiva abertura para um campo semântico não habitual, estabelece na poética de Gorgone uma ambiência marcada pelo confronto entre o mundo concreto e um "outro" mundo, ainda que não se estabeleça a ruptura do cordão umbilical que os mantém interligados.

Esta ambiência de fusão e quebra, expande-se de maneira ostensiva quando o poeta aborda questões vinculadas ao imaginário e ao sagrado apreendidos, inicialmente, num solo histórico e cultural reconhecido. Ou seja, a partir das Minas Gerais – mundo concreto, onde se desenvolvem complexas relações sociais – Gorgone constrói uma poética que, sendo de Minas, constitui-se como uma poética sem fronteiras. Isso se processa à medida que o jogo praticado com os substantivos e adjetivos se reduplica também no campo conceitual. Em outros termos, no jogo gramatical, a linguagem aponta para aquilo que está além dos enunciados previstos, enquanto que no jogo conceitual as proposições nos iludem com as referências feitas ao real imediato. Ao falar dele, não é exatamente ao real que o poema se refere. Por isso, tanto o imaginário quanto o sagrado, pretensamente conhecidos, tornam-se um desafio à nossa capacidade cognitiva, pois são mostrados como enigmas que se abrem para outros enigmas.

No tocante ao imaginário, Gorgone o aborda desde uma perspectiva pessoal sem desconsiderar o quanto a coletividade se faz representar através dele. O imaginário, como resposta do sujeito à angústia decorrente da inexorável passagem do tempo[19], é um componente central da poética de Gorgone. Esse aspecto situa o poeta na companhia de outros sujeitos que se inquietam com as restrições que lhes são impostas pela frequência histórica dos acontecimentos e pelo pragmatismo da vida cotidiana. Se observarmos que Durand considera que a resposta à passagem do tempo ocorre através de um acervo cultural de imagens produzidas pelo sujeito, é válido considerar que tal acervo está impregnado pelas experiências locais e interpretações elaboradas por diferentes sujeitos. No caso de Gorgone, as experiências e interpretações evidenciam as muitas imagens, formas e sensações que aludem a uma provável Minas, cujos contornos gerais são tingidos pelas cores do Barroco, pelas ondulações das montanhas e o "silêncio" de quem as habita.

Porém, o olhar pessoal do poeta sobre esse imaginário é marcado pela ironia disfarçada sob a capa de uma suposta tranquilidade que molda o homem e seu território. Nesse sentido, o imaginário que sua poética exprime não é senão uma reinvenção da realidade, através da qual tomamos contato crítico com as fissuras do real histórico. Exemplo desse procedimento, são os versos de *Fuzis leporinos*, livro no qual a crítica ao período de exceção, representado pela ditatura militar no Brasil, é redimensionada através de imagens constrangedoras para os agentes da repressão:

---

[19] DURAND, Gilbert. *As estruturas antropológicas do imaginário: introdução à arquetipologia geral*, Trad. Hélder Godinho. São Paulo, 2012.

Meu general dorme
numa cama de verrugas.

Sua respiração corre
como velho estafeta.
[...]

Seu uniforme é um prepúcio
que nunca o abandona.

Algo similiar ocorre na crítica à velha burocracia, que inferniza a vida cotidiana dos habitantes da província:

A capital, mó desse engenho,
rói as suas fotografias.
Na Secretaria da Educação, ícones
parafusam as professoras. (*Minas*)

Ao tecer o diálogo entre os valores do imaginário coletivo e a interpretação pessoal que realiza dele, Eustáquio Gorgone faz de sua poética um exercício de liberdade (que transcende os imediatismos do cotidiano) e de crítica social (que evidencia o mal-estar do sujeito na sociedade, ao mesmo tempo em que vislumbra possibilidades, ainda que insólitas, para ultrapassá-lo). Assim como a repressão política ou a burocracia dos serviços públicos, a religião é um dos componentes sociais que não escapam ao crivo do poeta. Em princípio, não é a vivência do sagrado que prende a atenção de Gorgone, mas uma versão histórica dessa vivência representada pela Igreja Católica como instituição religiosa, difusora de uma doutrina específica.

O ambiente social, político e cultural gerado no âmbito dessa instituição permeou concretamente a vida dos habitantes das áreas urbanas e rurais do Brasil, desde o período colonial. Porém, como ressalta Eduardo Hoornaert, "a entrada do cristianismo no continente não correspondeu às expectativas dos povos daqui, mas, sim, a uma vontade política que partia da Europa, no sentido de realizar seu projeto. Daí o grave desequilíbrio que até hoje estigmatiza a religião cristã na América Latina e no Caribe: muita política *versus* praticamente nenhum diálogo cultural".[20] Longe de ser uma leitura sociológica desse problema, a poética de Gorgone captura, com os recursos próprios do discurso literário, os efeitos da religiosidade católica na sociedade brasileira. Minas Gerais, tomada mais uma vez como a parte de um todo, exibe uma face da Igreja católica se apropriou da estética do Barroco, transformando-a em mediadora entre sua doutrina e seus devotos. Veja-se, por exemplo, o impacto estético e religioso que o devoto poderia experimentar diante das cenas incrustadas nas igrejas de Ouro Preto, Mariana e outras cidades do ciclo do ouro. Nesses ambientes, o chamado à fruição e a pulsão de fé se articularam e, às vezes, quase se fundiram para encenar, a partir da imanência, as promessas da transcendência.

No entanto, nas obras de Eustáquio Gorgone o catolicismo "barroco" (que transforma a fé em espetáculo, o devoto em artífice de sentidos ambíguos, a autoridade eclesiástica em déspota de corpos e almas) contrasta com a visão do sujeito leigo, fiel à razão, mais do que ao dogma. Desse embate, nasce uma linguagem tensa, que forja as fronteiras do sentido e não cede, mesmo na iminência de uma ruptura ou da instauração do *nonsense*. Aliás, por essa fresta podemos entrever o quanto o autor de *Manuscritos de Pouso Alto* tangencia as raias do Surrealismo. Sem dizer o quanto se aproxima desse movimento, o autor, uma vez mais, abre sua poética como um leque de possibilidades formais e estéticas, como *soi* acontecer às obras mais instigantes. Por esse viés surrealista, Eustáquio Gorgone transfigura situações e objetos para demonstrar que a forma real, ou histórica, em que se apresentam é uma circunstância, um breve momento que, por força de certos valores culturais, políticos ou religiosos pretendem ser vistos como imutáveis. Em se tratando da

[20] HOORNAERT, Eduardo. *História do cristianismo na América Latina e no Caribe*. São Paulo: Paulus, 1994.

religiosidade austera proposta pela instituição eclesiástica, o poeta age no intuito de desnudá-la. Para tanto, vale-se dos signos da própria instituição, interpretados, todavia, desde uma perspectiva que desestrutura o *status quo*. Em *Delirium tremens* esse procedimento é apresentado como espinha dorsal do processo criativo:

Cristos nus sob mantos roxos
Olhavam as meninas de joelhos de fora.

*

Esta velha igreja já se aproxima
da menopausa

*

Sim, a igreja é uma fêmea cheia de anjos,
Caiada, estufada de réquiens

Em *Pouso Alto*, o processo se intensifica:

A igreja é um anjo mau.
Certa noite, por ela fui devorado
quando olhei para as suas torres.

O acúmulo de imagens como as citadas, reforçam o conhecimento que temos de certos signos do catolicismo colonial, a começar pelo acervo arquitetônico, em particular as igrejas, que ajudaram a moldar o imaginário de uma experiência religiosa tensionada entre o corpo e a alma, o prazer e a culpa. Atento a esse fato, Eustáquio Gorgone visita com frequência essas construções; como um engenheiro às avessas, satura o poema com os seus nomes para revelar, enfim, o labirinto de sedução e medo em que se converteram. No livro *Ossos naïves*, essa técnica é empregada com esmero no poema 15, da primeira parte:

igrejas sem direitos preferidos:
Igreja da Misericórdia, Egreja
dos Velhos Anjos, do Senhor Secco,
das Paixões, Segunda Egreja
Bella Serra, Egreja do Chapéo,
Egreja do Asilo Eterno, Primeira
Igreja da Graça Amorosa, Capela,
Capela Quase Moça, Egreja do
Porco Vingado, Capela-hospício,
Matriz do Cervo Azul, Terceira
Edícula Colada.

O fascinante é que em nomes, aparentemente avulsos, reside uma carga poética avassaladora, que remete às lutas internas da instituição eclesiástica, muitas das quais, como bem frisou Caio César Boschi, envolviam recursos financeiros, domínio sobre o capital artístico das capelas e igrejas, enfim, elementos demarcadores do prestígio maior ou menor de uma paróquia.[21] Nesse cenário de enfrentamentos, a poesia se insere entre a Promessa de salvação feita pela instituição e o desejo dos fiéis em alcançá-la. Sob esse ponto de vista, a religião tão presente nos objetos e nas pessoas surge aos olhos do poeta como uma tradição que circunscreve as potencialidades do indivíduo e fixa-se como um teto baixo que sufoca as consciências.

Porém, uma vez reconstruídos através da poesia, os prédios e os valores do catolicismo deixam de ser tão familiares e tudo que conhecemos deles se nos impõe como enigma e indagação. Sob essa perspectiva, na poética de Gorgone a religião consiste numa área de experimentação lúdica e sensual da linguagem e, através dela, o poeta inscreve na tradição o entendimento do Mistério, segundo as aspirações humanas. Nesse processo de reconstrução do real, em particular da experiência religiosa, a sensualidade atua como força transgressora que exibe as fissuras da moral,

[21] Para uma compreensão das relações entre religião e poder nas Minas do período colonial ver BOSCHI, Caio César. *Os leigos e o poder*. São Paulo, 1986.

ao mesmo tempo em que chama o leitor e o devoto para um paraíso tão possível quanto ameaçador. Isto porque, por trás do prazer redescoberto, espreita a sombra da Queda; não há, por fim, beleza impune, como sugere o poema 1, de *Visitando a cidade*:

> Há um menino
> fora dos seminários.
> Por ele bimbalham os sinos
> e a língua das prostitutas.
> Vem puro, sedutor,
> com olhos de própolis.

Nesse ponto, para contornar o peso das normas, sobretudo aquelas provenientes do campo simbólico da religião, o poeta investe numa linguagem saturada por metáforas belas, mas atemorizantes. Decorre daí uma atmosfera que nos lembra em muitos aspectos a dos poetas expressionistas alemães: à maneira de Trakl, por exemplo, cujas paisagens podem exibir a estarrecedora lembrança dos "órfãos mortos [...] no muro do jardim",[22] Gorgone extrai das cavernas da linguagem imagens que esperam o momento para implodirem, desde dentro do sujeito, as conveniências da vida social. O repertório dessas imagens – cujos sentidos aludem a outros campos de relações do homem com suas perplexidades – instala-se não em um ou outro verso, mas permeia a obra inteira do autor. Poderíamos dizer que vista sob esse viés expressionista, a poética de Gorgone se constitui como uma flor dolorosa, um hino agônico, um salmo de morte. Vejamos algumas dessas referências:

> Cada saliva que te rói como lepisma,
> [...] isso é Minas, enchente, sequidão (*Minas*)

[22] TRAKL, George. *De profundis e outros poemas*. Trad. Cláudia Cavalcanti. São Paulo: Iluminuras, 1994, p. 25.

No quarto, em seu garrafão de pus,
ele passa de pupa a imago (*Fuzis leporinos*)

Orquídeas roxas de sangue
brotam nos ladrilhos. (*Sol versus sol*)

No púbis da montanha,
os açougueiros atraem
os últimos touros. (*Visitando a cidade*)

Rabecas enterradas na garganta, oboés
– alguns cancerosos – a primazia
Da matéria sobre o tempo. (*Comarca do Rio das Mortes*)

Não tarda o sol
– thesouro tísico –
ungir teu corpo
com penumbras. (*Talho-doce*)

Em teu colo dormem os porcos
que apodrecem antes do abate
e as flores murchas da Páscoa (*Rubra casa*)

Não obstante nutrir-se das sombras que movem e paralisam o sujeito, a poética de Eustáquio Gorgone continua a ser um exercício que se faz em nome da redenção. Por isso, o poeta não abdica do trabalho de criação, insiste em valorizá-lo como um escudo contra a devastação dos sonhos: "preciso de mais séculos/para redigir o poema.", afirma em *Manuscritos de Pouso Alto*. E reitera essa disposição, ao constatar que por ser poeta está fadado a lidar com o *nonsense*, essa forma de expressão que, paradoxalmente, torna-se matéria do artesão, do sujeito animado pela reflexão e pela lógica. Esse conflito, Gorgone sintetiza com maestria em versos como estes, do livro *Ossos naïves*: "não é fácil não é fácil mesmo/ manter-se no cavalo adestrado/ em todo o percurso."

É, portanto, na luta com as palavras e com as encenações da cultura, que Eustáquio Gorgone sobressai como autor de uma poética singular, que faz das referências ao passado um pretexto para refletir sobre os dilemas atemporais que afetam o homem. Por isso, das palavras não extrai um sentido único, mas com elas compartilha "a impossibilidade da verdade e os disfarces enganosos de todo discurso."[23] Com a cultura estabelece uma relação dialética, que lhe permite transitar por diferentes correntes estéticas sem restringir-se a nenhuma delas: passando pelo Barroco, Surrealismo, Expressionismo ou Concretismo, o poeta explicita modos de apropriar-se não do núcleo, mas das zonas fluidas ou de dispersão dessas correntes. Ao situar-se nelas, Gorgone concede a si mesmo o direito de remanejar técnicas, valores, formas e motivações para engendrar um tecido poético que, aparentemente similar a outros vem a ser, no fundo, um garimpo de achados inesperados.

Por serem assim, tais achados revelam o mundo como um estado de atualidade que seduz o poeta pela possibilidade de realizar uma contínua reinterpretação dos fatos históricos, das indagações íntimas ou das tendências estéticas. Daí a sensação de que a pátina visível em seus objetos textuais pode ser fruto tanto da efetiva passagem do tempo quanto do exercício do poeta que, no laboratório da linguagem, experimenta novas concepções para a realidade. Em sentido amplo, a poética de Eustáquio Gorgone não se ressente da chamada crise da poesia moderna que, no dizer de Marcos Siscar, converteu já num "*topos* largamente explorado pelo jornalismo, mas também pela universidade (...)."[24] Em termos teóricos, a crise, entre outros aspectos, exprime-se através da "exaustão, fracasso, pobreza, desvalorização, perda das ilusões, perda de rumo, de centralidade" da literatura, em

---

[23] Cf. EAGLETON, Terry. *Teoria da literatura: uma introdução*. Trad. Waltensir Dutra. São Paulo: Martins Fontes, 2001, p. 201.

[24] SISCAR, Marcos. *Poesia e crise: ensaios sobre a "crise da poesia"como topos da modernidade*. Campinas: Editora Unicamp, 2010, p. 17.

geral, e da poesia, em particular, que se renderam ao mercado ou se mostraram incapazes de "inserir-se nele".[25]

Desde a sua oficina Eustáquio Gorgone indica ter escolhido como modo de criação exatamente os estiletes da crise. Ao eleger os vestígios como matéria (quedas, ilusões, misérias) e a periferia geográfica e editorial, o poeta de Caxambu declara que o mercado não é o seu fim. Aliás, a precariedade física de suas edições, contrastando com a explosão de significados de seus poemas, inverte a regra dos produtos de mercado, tão saturados de apelo formal e cada mais esvaziados de significação. Por não insistir em ser indispensável, mas apenas *ser*, a voz de Eustáquio Gorgone diverge do excesso de oferta da modernidade. Sua poesia, em meio aos conflitos entre tradição e modernidade, assume-se como poesia, pois, como frisa Siscar, é exatamente ela quem "nomeia o desajuste sem fugir de suas contradições, ao contrário, fazendo dessas contradições ao mesmo tempo o elemento no qual se realiza e no qual naufraga qualquer nomeação."[26] Por traduzir como tantos esse drama da poesia moderna e, como poucos, o "mundo [que] vira pó" (*Delirium-tremens*) em nossa memória, Eustáquio Gorgone e sua poética se tornam ilhas que não podem ser ignoradas. Isto porque algo original, resultante da escuta e do mergulho, floresce no pensamento do poeta e na cena da poesia brasileira contemporânea. Que esta *Antologia poética* de Eustáquio Gorgone de Oliveira seja, como desejava o autor, um "cardo-santo no estômago" (*Exercícios*) ou, como podem aspirar os leitores, um passe livre para o território imprevisível da poesia.

Juiz de Fora, março de 2011.

---

[25] *Idem*, p. 17.

[26] Ibidem, p. 11.

ANTOLOGIA

BAEPENDI

1

Numa cópula de janelas e telhados,
As casas de Baependi pulsam
Em cima da montanha.
Cães vagam pelas ruas como semens
De um amor que força vencer o tempo
E se entrega flácido no púlpito das igrejas.
Portas azuis com lábios de tabuletas
Lambem os cavalos que cruzam as praças
Numa lentidão sem fim.
Dormem vasos nas penteadeiras
E um toque pode transformá-los em seios,
Pequenos, grandes, rosados.
Basta olhar os armários para os cabides
Se despirem, e o pudor cerrar as cortinas.
Todos os ventos se amam sobre Baependi.
Oh! Guardo-te dentro de uma garrafa de mel.

2

Debaixo da camiseta de poeira,
Dorme a cidade. Enquanto sonha,
Os sabiás descem por suas pernas
E cantam loucos de amor.
Um bando de anus pousa na cabeça,
Bicando os telhados.
Como gafanhotos minúsculos,
Cavalos pisam em seus seios.

Quando as chaminés despertam,
Ela levanta os braços de hera
E se despe para o banho.

3

Estás sempre vestida para a festa.
As ruas te apertam como cintos,
Marcando com audácia as tuas formas.
Nem por isso levas um chapéu de orgulho.
Ainda usas espartilho feito de procissões
Que se apegam com calor ao teu corpo.
Debaixo da roupa recém-pintada de cal,
Surgem as anáguas de outras tintas.
Pela manhã, as meias de orvalho te cobrem.
Vives pronta para alguém te possuir
E cravar as noites em tua goela.

4

Tuas sacadas de madeira
E tristes coradouros de roupas
De nada valem para a turba.
Posso contar nos dedos os nomes
Daqueles que aliciam o teu corpo,
Tornando os muros lascivos.
Os que sabem onde estão os catres,
Ali fermentam durantes as chuvas.
São poucos os que colhem os frutos
E bebem as tuas aquarelas.

5

Quando eu morrer, meu corpo
Se tornará um alto ipê,
Enxameando de luz as ruas.
Vou doar a minha febre
Para a têmpora dos hotéis
E renascer com as babas da cerração.

Tu continuarás repleta de cônegos
Nas mamilas dos confessionários.

6

Vejo teu corpo de cal
Rabiscado com fios e postes.
Oh, cidade! Nosso filho
Dorme na sacristia aveludada.
Amanhã, um sacerdote virá batizá-lo
Para que não morra em pecado.
Nas casas haverá danças
Cessando a hemorragia do parto.
Vem a mim de novo. Quero apertar
Tua garganta com ciúmes de louco.
A cama do horizonte está pronta
Para molharmos os lençóis.

7

Aqui, os mortos vigiam o amor
Que desaba em chuva pelas ladeiras,
Arrastando seios e braços até a ponte.
Eles também conduzem os cegos,
Hipnotizam os namorados bicéfalos,
Passam ungüentos nas torres.

Nas varandas pendem os retratos
Daqueles que já nos deixaram.
Quantos são? Milhares.

8

O sol pisa nos ladrilhos santos
E os fiéis fitam os frisos do teto,
Onde as rosas acolhem as moscas.
Adolescentes lêem Moby Dick
E rolam com seus amores inacabados.
Qual romance Carmem lê?
Talvez sonha com vestidos flutuantes.
Na sala, seu pai, com ronco sebento,
Se esforça para alcançar o paraíso,
Confirmado pelos monsenhores.
As ruas estão quietas.
O beiço carunchado dos bares
Imagina discursos em Roma.

9

Pelas calçadas, a volúpia vaga
Sondando o ânus dos animais
E as axilas das árvores.
Com a morte dos porcos no Natal,
A cidade se nutre para carregar
Cristos e Madalenas de pau
Pelas ladeiras oblíquas da fé.
Por isso nunca vi luas obesas,
Nem altares com muita banha.

10

Eu te vi quando os padres desabotoavam
A blusa marrom das portas e deixavam
A multidão penetrar no ventre das igrejas,
Carregando velas que tremiam de gozo.
Cristos nus sob mantos roxos
Olhavam as meninas de joelhos de fora.
Em suas chagas brilhavam os rubis
Procurados no comércio do amor.
Nos altares, santos pululavam apertados,
E seus membros caíam em profusão
Nos lábios da Virgem.
Eu te vi no momento em que os sacerdotes
Erguiam as mãos estufadas de gordura,
Apontando a hóstia para o coro.
Lembro-me bem dos sinos
Aconchegando os burros nas carroças
E os bezerros nas tetas das vacas.

SEMANA SANTA

1

Domingo de Ramos

É tempo do milharal ejacular as espigas,
Dos sabiás surgirem na cabeleira das sebes.
Logo o sol brilhará.
Pressinto um temporal de blasfêmias
Intumescendo a língua dos mercadores.
As moedas passam como sífilis
Deformando as suas mãos.
Se eu lhes revelasse o futuro,
Meu torso seria esquartejado na feira.
Ah! Os homens têm alma de cebola
E seus olhos ardem quando se esforçam
Para ver a maldade dentro de si.

2

A visitação

Hoje, passarei o dia exposto no altar-mor,
Delirando de amor. Ficarei
Com as borras vermelhas à mostra,
O manto preso nas labaredas de mármore.
Receberei de bom grado os teus pecados,
Tuas recaídas e intenções diabólicas.

Ajoelha e reza com fé, e não me esquecerei
De que um dia em minha vida de cedro
Tu me deste o prazer de uma visita.
Abençoarei a tua boca que remói
Os grãos do arrependimento.
Sinto-me feliz tendo-te ao meu lado.
Por esse ato de larga piedade,
Nunca deixarei a inveja irritar a tua uretra.

3

A despedida na rua

Adeus, mulher lavrada numa tora,
De nariz afiado e mãos em preces
Onde as crianças espetam flores.
Adeus! O instrumento da morte
Afinou as minhas unhas e toca
Uma canção para o teu sofrimento.
Vejo que tens os lábios descascados, mãe!
A umidade roubou o teu verniz,
E agora a noite te arrasta pelas ruas.
Volta, mãe! Não fiques mascando o pó
Atrás de mim, trazendo minha puberdade
Nesse olhar cheio de lágrimas.
Tenho que carregar as cruzes de bétula
Que talharam nos escapulários.
Não venhas, mãe! A ventania nos corta.

4

Sexta-feira Santa

Sexta-feira santa. Soam matracas.
Os eucaliptos esperam pelo esquife.
Todos se aconchegam como ovelhas
Para se protegerem do vento
E seu largo ancinho de telhas.
Cristo amarrado no sol, assim dizem
Que ele é na ressurreição. Mas, hoje,
Seu crânio é um tufo de samambaias,
Roda quebrada de moinho.
Os romanos queriam trocá-lo
Por duas orelhas de um jumento.
Rezemos por essa madeira mergulhada
Num oceano de farpas.

5

As dores da imagem

Quem mais eu adorava morreu
E meus olhos pintados na louça
Choram sem nunca cessar.
Eu o amava com amor de mãe
Que não se esgota no tempo.
Ele veio de minha barriga
Talhada em madeira freijó.
Agora dorme num pequeno caixão.
Ninguém pode imaginar

O cálice de dor que bebo,
E como treme minha face de pau.
Da raiz dos cabelos aos pés,
Escorre um melado de angústias
Ensopando o meu hábito.
Sofro muito. Mas não murmuro.
Do andor vejo as chagas
No interior dos homens.
Muitos levam flores de tuberculose
E pecados que não se lavam.
Onde não reina o sofrimento?
Desde o berço até o dia final,
A dor esculpe com agulhas
A nossa alma.

6

A obra esquecida

Certo artista me fez de pau-a-pique
E, usando arames, trançou minhas veias
À flor da pele.
Depois, encheu as covas de meu rosto
E encostou-me num suporte de peroba
No fundo da sacristia. Ali fiquei,
Durante anos, titubeando de frio,
Vendo os vultos passarem na janela
Que dá para a rua.
Meus braços estão moles e nunca vi
O sol a pino batendo suas esporas
Nas virilhas da biblioteca.

Quando eu ressuscitar das sombras,
Vou redimir as pecadoras e prostitutas
Que vivem presas em seus delitos.

7

A procissão

Hoje não se acendem velas.
É nos cabelos que se põe fogo
Para seguir a procissão.
Todos se tornam chamas
E cantando hinos de amor
Crepitam como incêndio
No tronco das ruas.
Alegria! Os corações pulsam.
Os lírios escaldam os sinos,
E o vento varre as lamentações.
Até o perfil da montanha sorri.
No peito das crianças,
As medalhas reluzem
Mais que as estrelas.

DELIRIUM-TREMENS

1

Estava no quarto costurando, alta noite,
E meus dedos riam, sardonicamente,
Envolvendo-me em constante vozerio.
Abandonei a costura, dobrei os retalhos,
Tomei a tesoura e cortei as suas línguas.
Entrementes, eles riram com mais força,
Provocando a sagrada família de meus rins,
Tratando minha bexiga por amásia.
Angustiado, enfiei-os na chama da lamparina
E derramei mais líquido no bojo de vidro.
Ai, que desespero e agonia!
Abri as cortinas e vi as árvores quietas.
A menorréia da solidão cerzia a cidade
Com seu filamento.

2

Quando vou provar o terno no freguês,
Algo de estranho se passa:
O braço do paletó balança no ar,
E as almofadas do ombro estão murchas.
Fechando o último botão da braguilha,
Vislumbro a mudança e fujo dali.
Debaixo daquele fustão creme,
As ancas foram comidas pelo vazio

E se transformaram em finíssimo pó.
Minutos antes, o tal senhor me falava
Das debutantes, de sua filha de branco,
E das ruas ansiosas se masturbando
Com flores na porta do velho hotel.
De súbito, o freguês desaparece.
Não, não suporto essa vida de surpresas
E envelheço com tais revelações.

3

Contava certo que ela viria.
Quando chegou a hora,
Escalou o topo do meu dedal.
Dali de cima, fustigando, chicoteando
Meu braço como se fosse um rabo,
Cavalgava. Nervoso, amputei
Aquele membro do resto do corpo
E aprendi até que ponto a solidão
Ridiculariza os seus servos.

Ela esbravejou impropérios e teceu
Os arreios da loucura com o pó de giz
Que, dia a dia, cai sobre o armarinho.
Percebi o controle esmagador
Que possui sobre os músculos,
Subjugando-os até se sentirem fracos.
Aterrorizado, observei que o quarto
Suava retroses, e as golas engomadas
Saltavam sobre a minha consciência.

4

A chuva caía pesada.
Coriscos pareciam cabelos brancos
Sobre as igrejas abandonadas.
Ouvia-se, por vezes, a voz amarga
Dos bueiros bebendo a luz dos postes.
Pensativo, eu alinhavava as roupas.
Fazia bainhas nos bolsos,
Emendava as passadeiras,
Caseava os ternos de casimira.
A agulha puxava lentamente a linha
Como um caixão que arrasta os vivos.
Mas a solidão estava entre os retalhos
E com cílios de alfinetes espetou-me.
Ela fez de mim o que bem quis
E me obrigou a queimar todos os moldes.

5

Eu a vi insolente sob a luz do bazar.
De sua boca escorria a noite.
Suas pernas de vareta mal se sustinham
Debaixo do vestido rosa.
A cada gesto ou movimento que fazia,
As crianças da cidade reviravam no leito,
Regidas por aquela mão sem disciplina.
Seus olhos saltavam como travestis
Em noites de grande amargor.
Com os passos que ela dava no escuro,
Eu, do meu esconderijo, feito um gambá,
Sentia que os ternos dos adolescentes
Ficavam eretos dentro de mim.

MÊS DE MARIA

1

Os querubins de gesso acariciam a Santa,
E as crianças vão subindo no cenário
Pelas escadas laterais, num amplexo lento.
Na porta da igreja, a banda de música
Parece uma aranha de casimira atrás do povo.
Silêncio. A lua sopra um vento frio:
Os vitrais aguardam o desfecho da noite.
É quando surge dos adobes um anjo
– cabelos lavados, menina de Grupo –
Trazendo nas mãos uma cobra amarela
Que se insinua entre os cachos da Virgem.
Todos respiram incenso e beliscam
Os farelos no quintal de Deus.

2

Os dias do mês de maio formam
                              uma ciranda
Em torno das capelas de Minas.
Os querubins, com musgo nos olhos,
Espaventam as inveteradas aleluias.
Nessa época, as montanhas se enfeitam
De cavalos ruços e postes telegráficos.
As moças dos bairros lavam seus terços
E, na escrivaninha da alma, redigem
Pedidos e mais pedidos para a Santa.

Até as prostitutas tornam-se outras.
Seus lábios entornam caldo de cana
Adocicando as navalhas dos barbeiros.
Também os onzenários depositam
A liturgia em seus cofres.

3

Esta velha igreja já se aproxima
da menopausa,
Mas ainda a musculatura do povo
Se contrai de espasmo ao ver as rosas
Pingando sobre o altar.
O padre caminha em seu interior
Como um membro perdido no tempo,
Rezando a Ave-maria nas contas eternas.
Nem tudo mudou! A menina mais bela
Do povoado irá coroar a Virgem,
E o órgão de caviúna ainda soa
No meio dos círios e galhetas.

4

Que noite sagrada!
Enquanto as cantoras bafejam vitríolo,
Querubins com olhos de chuchu
Dormem dentro dos violoncelos.

Que noite sagrada!
Orações galgam os cavalos de cedro,

E o povo borbulha como catarro
No nariz das portas.

Que noite sagrada!
Ninguém deseja se esconder da Virgem
Ou entrar cego em seu reino.

5

Aquela igreja é uma mulher que não sai
da praça
E toda vestida de branco e azul
Bate seus brincos chamando os cristãos.
Dentro dela a Virgem verga-se do teto
Como uma fruta madura e viçosa.
A orbe se assusta e serpenteia o altar.
Sim, a igreja é uma fêmea cheia de anjos,
Caiada, estufada de réquiens,
Alimentando a solidão dos homens
Pela placenta colorida das vidraças.

SOLEDADE DE MINAS

1

Os que se vão, os que sempre se vão
Dessa terra como sementes de paina
Que o vento carrega durante dias.

Os que me deixam
Como uma flor no vaso
E saem de casa a noite toda.

Os que se rasgam de mim
E passeiam pelas ruas
Em outros vestidos.

Ah! o mundo vira pó em minha memória
E com ele faço as estátuas que Deus quis.

2

Em outros tempos, as maquinas de ferro
Cruzavam seus chifres e queimavam os cascos
Na agulha grossa dos dormentes.
As caldeiras ferviam nas locomotivas,
E o vapor tecia sonhos de guerra.
As cidades ferroviárias viviam seu apogeu,
Levando bois nas classes noturnas,
Esparramando óleo no joelho dos vagões.
Faziam o ofício das mulheres-cortesãs,
Fiando suéteres para a História Industrial.
Nas dobras dos morros, a lua crescente

Comia a cauda agitada dos trens.
Hoje, o silêncio desceu sobre os trilhos
E se esconde num casaco de capim.

3

Resta-me a música descabelada
Na torre da matriz. Morro ouvindo Verdi
E lançando migalhas de pão
Às andorinhas religiosas.
Minha mala de viagem já se desfez
Devido ao mofo que brotou no assoalho.
Juízes e escrivães de outros tempos
Viraram ossos, e a terra os devorou.
Agora são as ruas que seguem
Para o julgamento final.

4

Todos me abandonaram. Em meus trilhos,
A solidão acendeu seu rastilho.
Em breve a velha estação explodirá.
Adeus, mocidade de antanho!
Adeus, passado de glória!
Em poucas horas, a plataforma,
A rotunda e as guaritas irão pelos ares.
Delas restará apenas a lembrança.
Fogo e fumo da solidão degolando o céu.
O estopim está pronto.
O rio pára de remar as suas águas.
É inútil chamar o vigário:
Ele tem pólvora nos dentes.

5

O sol de Soledade já não arde forte
Como o anel do noivo. Embaçado e triste,
Rodeia ao léu, de quintal a quintal.
Os galos coloridos da madrugada
Não cantam como outrora.
Suas penas tornaram-se cinzas.
A morte brinca de cabra-cega
E repousa nos pianos da cidade.
Que música doentia é essa!
Até a lua cedeu o seu lugar
Para os túmulos.

6

Sob teus pés corre um rio lodoso,
Cheio de almas de potros e cabras.
À esquerda, as velhas casas, com cílios
de cornija,
Recebem a visita do padre. As crianças,
Debruçadas no parapeito das janelas,
São pássaros que descansam da revoada.
Longe, entre montanhas, numa pia de luz,
O sol abaixa sua cabeça e antes de dormir
Ouve a Ave-maria franzina e triste.
Quando a noite chega, envolta em boleros,
Cava com seus dedos de ferro
Pequenos buracos nas costas dos homens,
Iguais aos que os cães fazem na areia.
Assim, a cidade jaz no ataúde do sonho,
Coberta de lírios miúdos que lembram
O pulgão ardente dos primeiros amores.

7

A moça bonita espera o namorado.
Ele não sabe que estão tecendo
O seu destino com fios de ouro.
As semanas e os meses passam
Como se nada houvesse entre eles.
Talvez os relâmpagos antecipem
O encontro desses corpos.
Haverá uma festa silenciosa
(para que o eco do foguete?)
Quando os fados se revelarem.

8

Ouvi dizer que há um deus
Voando pelos ares num cavalo alado.
Esse deus nunca virá para mim
E posso provocá-lo sem temor.

Houve uma época em que debochei
De sua crina. Agora não me arrependo.
Vou à missa vestindo saia rodada:
Minha ilusão vem de outro deus.

9

As horas são tão longas
Que já me habituei ao chamado das camas
E à lentidão dos meus sonhos.
Ando de um canto para o outro

Para a desgraça não me acolher.
O teto de minha casa já se acostumou
À maneira com que reajo ao sol.
Ele amarra meus sapatos de baile
E me leva às festas que comemoram
A sua passagem ao meu redor.
Compartilhamos de todas as perdas.

10

Sinto uma letargia inculpável.
Aqui em casa, deitamos nos sofás
E nossa vontade é inculpável.
A paz entra com a fresca da manhã
E sopra nosso rosto no espelho.
Durante o dia, minhas irmãs dormem
No berço sonâmbulo do amor
E lavam as roupas olhando as árvores.
Ao entardecer, jantamos na varanda.
Suponho que em nós esvoaçam
A joaninha e a serpente da criação.

OS DOENTES

1

O medo incha como madeira na água,
E os lençóis inflam suas barrigas
O ano inteiro sobre mim.
Num minuto, a enchente de pus
Cerca todo meu corpo e rodeia
As mulas de minha face.
O que posso mudar? Meu coração
Logo arrebentará como rã,
E os olhos saltarão para fora do cocho,
Escoiceando a esmo a solidão.

2

Minhas flores estão paralisadas.
O mundo não se move um só palmo.
Até meu filho que fugia e voltava
Pela porta da sala já não consegue
Sair do banco onde está sentado.
Os padres também se quedaram
Com as mãos postas para o céu,
Endurecidos pela goma dos sermões.
O vento e as bolas de gude
Dormem em cima do pó.
No meu peito, só uma carneira bate.

3

Seu nariz adunco fareja o ar
Com saudades do marido.
Mas deve-se conformar.
O pó de arroz na penteadeira
Também espera pelo vento.
Longe, os campos dizem:
– As madalenas acordaram.

Um asno puxa o sol,
O arado continua a sua tarefa.
Rezo para ela ter a paz do vizinho
E os vestidos de sua cunhada.
Que pecado cometeu?

1.

Minas é lágrima sebenta,
moinho tocado pelo São Francisco.
A capital, mó desse engenho,
rói as suas fotografias.
Na Secretaria da Educação, ícones
parafusam as professoras.
Minas! Velhos dentistas
circunavegam os prédios públicos,
e freiras passam o ferrolho nos relicários.
Cortando as cobras em municípios,
estradas rasgam os sertões.
Minas! Incenso, doença, queimadas.

2.

Cada saliva que te rói como lepisma,
cada legislador que abafa a tua boca,
cada rio que te afoga em venenos,
cada torre que te açoita com vitrais,
isso é Minas, enchente, sequidão,
anjo desfolhado a canivete,
mula carregada de montanhas.

Cada animal vendido no mercado,
cada pêssego banhado em enxofre,
cada vendedor manietado por impostos,
isso é Minas, enchente, sequidão,
musselina cristã sobre os bordéis.

3.

No alto, estripado pelo sol, Deus
mostra suas vísceras de nuvens.
Arrulhando sem cessar, o prefeito
chama as pombas do Sindicato.
É a festa do trabalhador rural.
Salvas de veludos e alfinetes
explodem no justilho das moças.
Sapatos e pescoços entrecruzam-se,
e a bandeira exibe seu pomo-de-adão.
É a festa do trabalhador rural.
Com bedelhos saqueando o milharal,
o dia seguinte será um orfanato.
Hoje, um beijo é pecúnia, fartura.

4.

Vejo Minas, chove.
Há Cristos de lama nas igrejas
e fardas no cinema.
Vejo águas, Gerais.
Há cidades imersas nos rios,
peixes nos hotéis de luxo.
Vejo Minas Gerais.
Depois da soleira,
o vento é de mármore.
Além das minas,
os amantes são estrábicos.

5.

Não existem mais florações.
Agora é um deserto as Gerais.
Ninguém reconhece o fato
e falam das noctilúcias Minas.
Nas igrejas não existem quermesses.
Tudo o que era cor e música
não passa de latíbulo.
Às vezes, o cavalo aleijão
se esforça sobre os palanques.

O tempo não tem joelhos quebrados
e segue à frente dos discursos.

O BANCÁRIO

1.

Todo papel é um espinho.
Se conto nos dedos,
lá vai longe essa desventura.
Durante a semana
sou o albume dos chefes.
Apenas olho para o céu
e já pressinto o vazio.
Guardo como posso o coração.
Num quartel de abraços
escondo minha alma.
Terra sem flores.
Antes eu fosse feno
e me tivesse queimado
no primeiro pagamento.

2.

Minha língua de algodão
é a linha do meu ofício.
Nos impressos do banco
devo coser os minutos,
provar, ajustar moldes,
cerzir o rosto do gerente.
Tinta de marcar rubricas,
meu sangue não descora.
As pessoas se encaixam
no gesso do meu sorriso.

3.

Saio do emprego como uma estátua:
cílios cortados, rigidez na boca,
mãos postas sobre o ventre.
O dia a dia é um toreuta
de fascinante formão
e traz um convento de sorrisos.
No decorrer da tarde,
o escultor arreia a sua obra.

Como preservar a alma?
A lei é para secar o rio,
os abraços fecham o caminho.
O escritório onde passo as horas
é um favo sem anjos,
mala vasculhada por ladrões.

POEMAS DE BARRO

1.

Longe
as primeiras comunhões são terríveis,
anjos mofos saem das galhetas,
flores secam nos altares.
O dia caminha de repelão, amargo.
Sob o véu podre do emprego,
rabilongas senhoras se escondem.
A noite exibe estrelas de sebo.
Na cama, os amantes são látex
que se melam entre beijos.
Longe
as varandas se cobrem de pó,
a losna cerca os copos d' água.

2.

As águas levaram o teu rosto.
Ficou a noite encavalada nas torres
e o lufa-lufa dos operários.
Sem consolo é o escuro, agora.
Sobre as pedra ficaram
as lembranças.
Natimorto, o sol aparece
apenas para os funerais
de sua luz.

3.

Depois
ficaram flores como verrugas,
e o céu se vestiu de nuvens.
Depois
o vento fustigou os homens,
e a tosse abateu sobre os cães.
Depois
cada cortina envelheceu
com seus braços abertos.
Depois
a noite avançou sobre as ruas
alagando as casas vazias.
Depois
o tempo germinou outras faces
e o sol perfurou as telas.

4.

Por detrás da vidraça,
o poente enrubesce.
Como mandarovás coloridos,
os seminaristas atravessam
o adro da igreja.
O tempo mistura esse barro
feito de olhar e cinabre.
Tudo é graxa, licor, hóstia,
estojo de tristezas.

NOVOS POEMAS

1.

Aproveito os ramos de trigo
para alimentar os poemas.
Ódios e amores são velas
derretidas sobre meus dias.
Inutilmente tentei
me proteger dos cepilhos.
Hoje, entre os resquícios
– serragem, papéis, chama –
modelo tristes imagens.

2.

Não me aterroriza a tua falta,
mas o vazio das palavras.
Da ausência posso retirar imagens
e pôr os abraços nos carretéis.
Das palavras, tudo é em vão.
Um pássaro doente, voando,
diz mais do que eu.
Por isso a tua ausência
é o eclipse menor.
Ela pouco me fere.
É uma cidade inteira
que, imóvel, me persegue.

As palavras, sim, inflamam o corte.

3.

As pedras não indagam.
No silêncio, guardam definições.
Sem a pegajosa angústia,
o tempo passa por elas.
Os sinais das chaminés
cristalizam nosso inverno.

Cada um com o seu bridão,
impõe a própria andadura.

4.

Queimo as semanas santas
e as músicas tecidas ao teu redor.
Desejo-te com as vestes do amor
ainda não pisoteadas pelos bois.
Quero-te livre das aflições.

Seremos hóspedes da ressurreição?

5.

Teus ossos preenchem meu caos.
Sinto-me como o sol nas montanhas.
Do coração certo, recebo a paz.
Aí, não há esfolamentos
E o teu abraço não deixa marcas.

Durante os interlúdios,
não falar da morte.
A felicidade está reclusa
como as águas do lago.

O DESFILE

1.

Todos os moços são cadetes;
as épocas, seus generais.

Sejam robustos ou covardes,
as mulheres são seus quartéis.

Elas são lírios para alguns,
algemas para outros.

À tarde, os muros caem
e estrelas furam as guaritas.

No íntimo, todos são fitas,
grampos e brilhantina
dessa cabeleira da força.

2.

Eis o curral das autoridades:
um palanque corcunda
e um juiz de espermacete
sob o sol do meio-dia.
Por fora, roupa esvoaçante.
Por dentro, língua empoeirada.
O promotor discursa
para os seus anéis.

A liberdade, meus irmãos,
é uma quermesse de sombras.

3.

Escarabeus lavam os olhos nos vitrais.
O tambor rufa.
A vida é mesmo um sonho,
goma adragante, esperma de touro
banhado a Virgem Maria.
Olhar para os pombos-correios
que fogem entre nuvens de ferro.
Olhar para o sol que morre
como flores de leite talhado.
O tambor rufa.
Sapatos batem nas pedras.
Unhas brotam dos uniformes
e vão lanhando os corações.

4.

Alegria é estar
meio vaso, meio gente.
Um pouco de flores
com esgalhos de carne.
Um lado é de glória;
o outro, cinzas.
É bom estar assim,
resto de sombras.
Uma garganta com rosas

e a lama nas gengivas.
Gerânios nas janelas
e a dor na vidraça.
Nosso troféu vale mais
que a harpa dos anjos.

A SOLIDÃO

1.

A solidão ama
corações completos.
É noiva que propõe
tachonar a liberdade.
Visita qualquer um,
criança ou adulto.
Brota nos travesseiros
como flor de macela.
E muitas vezes arma
seu camarim num tumor.
É a noite terrível
que se adere ao sonho.

2.

Se não fosse o pequeno crucifixo
pintado pelo sangue de Cristo,
talvez a solidão tivesse me vencido.
Ao me servir o pão amanhecido,
ela se portou como serva.
Tomando um copo de vinho,
sentou-se ao meu lado.
Ai, se não fosse essa adorada cruz
talhada a canivete de picar fumo,
estaria morto como os móveis da sala.

3.

Atravesso a cidade.
Vejo crianças no átrio das escolas.
Dentro dos coretos,
redemoinhos de ônibus.
Sigo meu corpo, canoa.
Apenas uma vez a solidão
usou meus cabelos como remo.
Quase imergi entre o povo.
Só a língua me serviu de leme.

4.

Os soldados são testemunhas.
Quando ela me seguiu,
eu pressentia o drama.
Através dos arbustos do jardim
seu olhar reluzia como tachas.
Num minuto, ela surgiu
como as aparições da Virgem.
Nem tive tempo de gritar,
nem os transeuntes notaram.
Entrementes, tudo ela fez
que fosse de seu gosto, prazer.

6.

Há cavalos sobre os gerânios;
nos selins, manequins.
Em volta do torso empalhado
o aroma do poejo e angélica.
Soprando as plantas, o bufo
dos animais de espinho.
Assim, cavaleiros passam
cavalgando as cremonas.
Levam no gibão a ceia.
Sobre as hortênsias, os cavalos;
nas selas, os mortos.

7.

A lua é uma máquina luminosa,
e a carne dos porcos a solda
que unta o ventre dos soldados.

O rio laça os muros de pedra,
arrasta as suas guaritas.

Ninguém sabe onde fica
a sobrancelha do inimigo.
Por isso a noite desfralda
as suas bandeiras de chumbo.

11.

A voz do pregador
ecoa entre os vitrais.
Falos deitam para ouvir
o sermão na capela.
No forro, anjos de gesso
fitam as fardas de domingo.
Copos-de-leite e gerânios
lutam dentro dos vasos
Um boi, de perfil no retábulo,
mostra os seus testículos de uva.
Diz o contrito capelão
que a consciência é luz de azeite.

As glandes, em doce procissão,
comungam o mesmo corpo.

12.

Voltarei, um dia, para buscar
a romã perdida,
os seios rodeados de zangões
que as pontas-secas traçaram.

No lugar da Pátria, a tua língua.

14.

Ferro, fenol, fogo.

O vento passa no mapa.

Feridas, pus, sal.

As aves desconhecem
céus gangrenados,
e as lagartas não fazem nichos
nas medalhas.

Grevas, pistolas, esporas.

O peixe sem vida bóia
no vexilo colorido.

17.

Cárceres, masmorras.
Quantos animais dormem
dentro do cantil?
Onde estão as crianças
retidas nos binóculos?
Morteiros, escopetas.
Quantas armas precisam
para render as aleluias?
Cadeias, ferros.
Quem pode alinhavar
a liberdade e o futuro?

O TEMPO

Aves de crayon riscam o céu.
Exércitos vagueiam, igrejas
passam como polvilho
                    atrás do tempo.
Abelhas levam as noivas
para o favo das capelas.
Os dias passam como um cavalo
chicoteado pela cauda

                    atrás do tempo.
deixando marcas de parafina
nas bocas roliças e úmidas.
O rio faz sua maquiagem
com as fezes da cidade.
A guta-percha sobe nos leitos
                    atrás do tempo,
e o perfume do rosmaninho
sai à procura das sombras.

MATADOUROS

1.

Do corpo tiraram um par
de luas avermelhadas.
As duas em ganchos de ferro
secaram no corredor.
Foram negociadas à parte
por preços não revelados.

2.

Matar, matar, matar.
Panças e bexigas floridas
nas paredes, no chão.
Chifres serrados se tornam
genuflexórios da dor.
E os punhais vão separando
a língua, os olhos.
Orquídeas roxas de sangue
brotam nos ladrilhos.
Matar, matar, matar.
Rios de violetas
secam nas veias,
e as flores fogem
para os intestinos.

O músculo é um vento
que os homens retalham.

3.

Tudo se extingue
como luz de vela.
As sombras se confundem
num escuro melado.
Queimam-se cálamos,
pedras-umes do coração.
Nada tem seqüência:
o futuro é uma peça sem eixo.
O que roda além, aquém,
são redemoinhos de farpas.
Como é doloroso ouvir
os sinos das torres!
Tudo está confiscado:
a cancela e o ipê.

4.

Sucessivos golpes
invadem o corpo.
A paz de ontem
foge apressada.
Por que o banho
antes do corte?
Os animais perguntam,
as facas respondem.

POEMA GRIS

Qual cidade nos envidraça?
Sob a pressão do mesmo Estado,
a vida seria pouco diferente.
Se amássemos ou não,
militares seriam promovidos,
pontes continuariam imóveis.
Debaixo do sol ou da chuva,
perto do mar ou da montanha,
a infância seria rompida.
Teu rosto, meu rosto, filtrados
pela luz da mesma Constituição
teriam o destino das ramonas
na cabeleira dos loucos.

CEMITÉRIOS

1.

As gramíneas coçam
a cabeleira dos mortos.
Cigarras roubam
o esmalte dos vasos.

O ruído das almas
e o farfalhar dos lábios
trazem saudades.

Por acaso, iam à escola
os meninos sepultados?
Ou fugiam do mundo?

2.

Lá estão as camomilas,
as velas amadurecidas,
coroas de papel crepom.
Lá estão os cavalos,
portões enferrujados
e flores de plástico.
Vultos rabiscados no chão,
vento engolindo missais,
lápides quebradas.
O mundo sopra, sopra.

*

Despojando remorsos,
as casas se enfeitam de bílis
e cuidam de seus portais.
Nos vitrais, aleluias voam
tecendo teias e treliças.

Sacristãos com colarinhos murchos
esparramam óxido de ferro
nos sinos roufenhos das torres.
O povo, em gosma, espera
a magnésia vinda do tempo.

*

Que os sinos morram sinos
avisando a chegada de Deus.
Inflando o pão e o bronze,
que o vento assobie vento.
A cidade para os amantes
é um celeiro de orgasmos
que se esvazia na seca.
Que a chuva continue chuva
molhando as sobrancelhas.
Após o moinho do coito,
os casais procuram no leito
os anéis perdidos.

*

Tua viagem há de ser
a de um crucificado ao paraíso.
Luas de querosene
iluminando a garganta.
Tua alegria há de estar
transudando pelos olhos.
Adeus doentes engarrafados
nos licoreiros de família!
Adeus cotidiano infernal
que morre no arcaz!
Teu prazer há de ser
o de um anjo no Senhor.
Sol claro, mundo encerado,
já está pronta a mala.
Teu coração há de florir
no miolo de uma hóstia.

*

As flores da buganvília
caem sobre os telhados,
e os anjos de aletria fogem.
A passo lento, todos nós
somos apagados das praças.
Embora não seja fácil
incendiar velhos quarteirões,
também a cidade se transforma.
Em setembro, a primavera
invade os andaimes.

Só a loucura atenua o desgaste
das pedras e dos corações.

*

Abrindo taramelas, cadeados,
a morte sempre vem.
Pisa nas cidades dormentes,
nos cavalos e ovelhas.
É a carne viva das sombras,
o nervo seco que anima
os amantes paralíticos.
Nasce na castidade das freiras,
na insanidade dos coronéis.
Engole bois de madeira
e seus carpinteiros manetas.
Não é a flor da laranjeira,
mas toda a laranjeira em flor.

*

Se bem sabes o que é o canto,
não tenhas medo de cantar.
Não esperes pela primavera
ou que do céu das fábricas
desça um fragmento de anjo.
Canta, canta muito, em coro
com teus cabelos, pés e braços,

com teu acrobático pensamento.
Sê um exemplo da alegria
que não esteve nas fardas.
Canta como se fosse a última vez
e tudo dependesse deste canto,
como se a vida fosse um jarro
que os soldados não quebraram.

*

Há um menino
fora dos seminários.
Por ele bimbalham os sinos
e a língua das prostitutas.
Vem puro, sedutor,
com olhos de própolis.
E sua barca desce
entre peixes luminosos.
Os campos se curvam
com seus ladrões, atrabílis.
Barqueiros de pedras-umes
remam e remam as gotículas.
Há um menino
fora dos seminários.
Por ele solfejam os portos,
os foles e ventres humanos.

*

Réstias de alho escorrem
do sol, senhor da cidade.
No croqui, uma calha
e nela as pedras são cabeças.
Uma corda bem animada
é a dama do pescoço.
Por ela desce a medalha:
efígie, ouro, inscrição.
E na fita chamalote, verde,
outra dália de ferro.
O comendador e a comenda
assim estão agraciados.
Se há anjos gorados no céu,
é por inveja de Deus.

*

Se cruzasses o rio,
a infância estaria à tua espera.
Um novo calendário das desilusões
seria impresso.
Para reacender as árvores,
o sol cavalgaria de costas.
O vale, quisesse ou não,
abriria as suas flores.
Se cruzasses o rio,
a chuva iria recuar, lenta.
A dança seria possível.

*

A depressão
dobra as sobrancelhas é meia
de calçar a língua
vermelhas flores vinagre
véspera da tua chegada ada.
Quando estás perto da
cidade
o sol desce ao chão por
suas cordas e a grama fica
dura como seta.
Todo lençol à minha volta
açucara cobertor.

Vivo
então sob asfixia e tristeza,
alegria perde o g
e tua presença liberta li
meus cavalos de pez.

*

A poesia vai sendo assim
escrita, cardo-santo no
estômago. Aos poucos,
outra luz na noite,
azul que costura o corpo
das crianças. Em glebas
os fonemas se encontram,
os amargos e doces.

A poesia vai sendo assim
escrita. Enquanto
houver tardes, âmbulas,
cada palavra será guardada
em óleos santos.

*

Fugir não adianta.
Com ferraduras de talco
deixo marcas no vento.
Todos sabem onde estou:
verde debruçado em verde,
branco em coradouro branco.
Ruas vales ravinas,
tabuleiros de abraços.
Todos sabem onde estou:
azul em covas de azul,
amarelo sobre amarelo.
Atrás de decalques
é impossível ficar.

*

Tarde
de derrubar latas de verniz,
e nos hospitais derrubar a morte
como canela nos leitos.

Tarde
de derrubar sol poente latim
com um pouco de vezume,
e nas escadarias do Fórum
verter diplomas em cera.

Tarde
de derramar vermífugos
funil adentro nos políticos,
e ver derrame e derrama
escavando montanhas.

*

São muitas as cores do escuro:
capa tabardo sobretudo
De um lado para o outro
procuramos a luz.
Pulmão feito de hulha,
ventre vermelhão velas.
Nada encontramos.
A noite não dá respostas
e lança o sonho no bornal.

*

Este é o teu filho e o infinito
está nele. Qual a razão de
                    acabar o êxtase
                    apagar a luz
                    fugir o som?
Nas cores dessas quem sabe cinzas
tal e vez longe d'angústia
(bem, da angústia bem longe)
eu possa viver.

*

Ao procurar nas Cartas Geográficas
As devizas de uma villa a outra,
A deviza das Comarcas, também as
Devizas dos céos sobre as Prelazias
E, por último, as devizas da luz
Entre os homens, dando-me com
Um amontoado de flores do campo
E, próximo a ellas, estátuas
Feitas à mão, de madeira e cal,
Louvei a presença de escultores,
Alli por perto, talhando as faces,
Uma das quais eu haveria de amar
Sobremaneira louca e proverbial,
Cobrindo toda minha existência
Num passamanes de pedras-pomes.

*

Com banhos de ouro
Nas cordas vocais as cantoras
Saem de si para a cidade.
Rabecas enterradas na garganta, oboés
– alguns cancerosos – a primazia
Da matéria sobre o tempo. Tempo
De soçobrar nos últimos veios-veios
Do rio chamado ouro, tempo
De tocar nas procissões em harpa e
Comer a romã vermelha da cerimônia.

*

Essas águas que passaram
Ainda vão passar.
Esses olhos que olharam
Ainda vão olhar.

Essas cidades que nasceram,
Aflorando da terra escura,
Ainda vão nascer.
Os morros branqueados pelo tempo
Ainda vão envelhecer.

E ainda o poço vai
Descer ao poço,
E os teares vão tecer
A própria veste.

*

Esteja sempre este sorriso de criança
À janela, como mel no favo,
Materialmente falando, chifres acesos
Em óleos de mamona. Esteja sempre
Como anjo nas gravuras, sorriso
Aberto de arco cruzeiro donde
Vem a força dos chafarizes.

*

Estes resplendores
São cavalos ou girassóis de crina?
Ninguém sabe e todos sabem
Que são ninhos de lumes.
Somos as andorinhas mortas
De volta à torre.

*

Às vezes, antes do poema,
Vamos à janela.
O céo não está no céo,
Nem flores proliferam
Flores.
Já se formou o mundo

E agora a luz repete
A luz.
Amor e solidão apenas
Palavras móveis:
As duas mãos do esmoler.

*

A   outra ponte
Poente artificial   arcos
Em sais de manganês, cobre.

Triste de ver os barcos em
            baixo
Roupão estendido sobre as
            águas.
O triunfo da corrosão, morte,
Cádmio e flores de enxofre.

*

Ele trabalhava com as madeiras
freijó
cedro-rosa
cabiúna
E também colhia e se deliciava
Com o perfume e o chamamento dos

capuchinhos
goivos
monsenhores
Cuidando diariamente das amáveis
alfavacas
artemísias
ervas-doces
E só descansou quando a noite
Escureceu os espelhos.

*

Sobre a coluna a voluta a coluna
Rizomas de pedras.
E nós – passantes sem sobrenomes –
Herdeiros dos lírios queimados
Estamos rijos no leito das cidades
Doentes.

Enquanto nossos dedos são
Rasouras em volta das mãos,
A multidão de musselina cresce
Nos empórios.

*

Quando a hora já se desfez,
De que valem os cosméticos?
O corpo é quem primeiro
Se retira do calendário.
Depois segue a alma
Com botões vermelhos,
E fica o frasco de mercúrio
        vazio.
Quem redige o poema se ilude
No cheiro da canela-sassafrás.

*

                    O sol
É como alguém chegando ao orfanato,
Pão que perdeu o gosto no tempo,
Cravo e noz-moscada insepultos.

Desfeito por inúmeras ferretas,
Sua luz quebra-se nas torres.
Com ele nossa imagem inverna,
Miniatura presa em guta-percha.

Não há como exasperá-lo no poente.

A esta hora devem estar prontos
O tingimento e a secagem do poema.

*

Olho a cidade que veio do solo.
        Girassol fixo.
Seus moradores imóveis nos umbrais,
Suas mobílias fitando os enfermos.
        Meio-dia.
Sobras de sonho formam monturos,
Cascalhos abarrotam nimbos.
        Aragem fixa.
Rosas presas em papel *couché*.

*

Se o pensamento flui, há paz.
Seu traço é incerto, vagaroso.
Não há alvo, soalho, teto, pedra.
A castanheira abre sob o céu.
Quando o pensamento flui,
Vermelho e amarelo banham entre si,
A palavra mostra sua flor-de-lis
E modela o púbis no papel.

*

Triste sol de Corpus Christi,
Submerso.
Flores vivas em lençóis de Açores
Bóiam nas janelas.
Vivemos, mas o fôlego é lento
Como a respiração dos cristais.
Temos só o conforto do pó
E a dúvida dos calendários.
Feliz o ipê que já doou
O seu beijo amarelo.

*

Despeço-me de março e volto
À mesma rua em abril. Ciclo
Que força meu coração.
O pessegueiro virá belo em agosto
Para afinar os instrumentos.
Trazendo gafanhotos nos desenhos,
Outubro se transveste de Sèvres.
A tempestade se alonga a dezembro
Quando passa ao mês seguinte o seu
salário.
Assim, os meses reacendem a promessa:
Martelar o corpo frágil.

*

Deixa o poema germinar.
Depois, será esquecido.
Instrumento sem uso, terá repouso.
Procura no arco-íris a cor serva,
aquela que há muito te acompanha.
Dê nome às tuas jóias
antes que pertençam a outro.
Ao amor vindo à tona, inconsútil,
deixa-lhe marcas de azul-tártaro.
E enquanto houver incenso nas palavras
confirma o abraço que não existe.

*

A luz já não existe nem flores
para oferendas.
Só janelas hospedando sombras.
Há pouco havia telas de alvaiade,
tomos dourados.
Agora penumbras conferenciam
suas heranças.
Várias estrelas perdem as coortes
em carvoarias.
E Vênus surge no horizonte,
incinerada.

*

As cidades valem menos
que as asas de um besouro.
Seus murmúrios e conversas
apenas acrescentam ao mar
receitas de água e sal.
Nas janelas, moradores surgem
como adesivos coloridos.
E todos seus desejos juntos
são ramalhetes de urzes.

*

Cremos que nossa segurança
advém dos objetos menores:
toalhas, escrivaninhas, loções,
móveis, cálices, documentos.
Nunca do sol esvoaçando no solo
ou do ouro enrustido no céu.
Mercanciamos cedros e ipês
e hoje temos pequenas abadias:
cinzeiros, porta-retratos, pentes,
abajures, alizares e corrimãos.
Julgamos cada objeto como parte
de um império e dia após dia
nos consagramos às miudezas.

*

Hóspede de páginas monacais,
teu nome ficou recolhido
no Catálogo de Hiparco.
Tornou-se cristal, estrela
de aparente repouso.
Em outubro – fardéis de outubro –
revivi arrítmicos sinais,
pedras em gulas de pedras.
Abri novos drenos ao sonho
e a simetria fragmentou-se.

*

O amor não segue o curso do sol.
Do que ele põe nas covas nada se colhe:
juntos secam o semeador e a semente.
Se alguém, por fricção, alumia o prazer,
logo pressente antigos rivais.

Tempo e solidão festejam seu consórcio.

*

Ao repor o sol no horizonte,
envelhecemos.
Por que têm as pedras sobrevida
e nós apenas o possível
de algum abraço?
Os corpos expostos ao amor
logo se excluem do índex.
Desejos perdem os caminhos ao ílio.

Mesmo frágeis, aviamos acordos
com o tempo e sua escolta.

*

Volta para ver o gervão azul,
o lírio-do-brejo que se sustenta
depois da chuva.
Volta para imergir os pés
na tintura de copaíba
e caminhar entre os trevos
de purpúrea coloração.
Volta antes do inverno
enquanto existem amoras,
e o alecrim nos intercepta na estrada.
Deixa a tua cidade.

*

O amaranto floresce.
A cidade mal respira
em seu mobiliário de dor.
Exposto, o arrozal
nos parece manta ciliar
e logo é recolhido em sacas.
Rios afloram entre os aguapés
mas os homens requeimam
o colo dos lagos.

*

Se estivesses aqui, não haveria
esta touceira de pó,
a primavera perecível.
Haveria o duplo sol das tardes
sobre o capim e a malva,
o esplendor, as garças no vale,
a harmonia.
Não teria o estanho a tarefa
de envolver os insetos.
Nem as pedras o dever de talhar
as aves na imobilidade.
Tudo estaria vivo
antes de qualquer inscrição.
Se estivesses aqui.

*

Que meu trabalho seja providente
retábulo
de varejeiras no feno bem úmido
retiro
à mercê da forte correnteza
semente
que o sol estala na mamoneira
mortuárias
do cotidiano que me cobre.

*

Aos 29 de junho, estando ereto
o cipreste-da-Itália no parque
e os plátanos já desfolhados,
vai o tempo exsudando seus resíduos.
O céu se aproxima das borboletas
e ambos voam até que a cigarra
os substitua no alto verão.
Assim, o devir imprime na tarde
a ferrugem das goiabeiras.

*

O pasto está vazio,
nenhuma garça no arrozal.
Só a palha é verídica e cobre
os órgãos genitais.
À distância, o verde dos abacates
dança entre manchas azuis.
Como é indiferente ao vento
a nogueira próxima às pedras.

Cada elemento persevera em si:
o amor é por todos transfixado.

*

Que teus poemas sejam
sementes de mamonas:
densos, ovais, tóxicos.
Que tenham largo proveito,
alastrem em terreno baldio
e sejam também veneno.
O óleo que deles emana
possa servir aos vizinhos
em suas lamparinas.

*

A lua bate na torre da matriz,
e os cães mordem a escadaria.
Ela nunca tomba ou foge.
Se a chuva fosse de pedras,
talvez ferisse os vitrais.
Nem chuva, nem lua, nem cães.
Só a lepra da noite rompe
as suas paredes de cal.

*

Chegou à cidade no inverno.
Na primeira ronda, prendeu a lua
e os ladrões de brincos.
Na segunda ronda, um suspeito de amor.
Depois, cumpriu a sentença
na mesma cela dos infelizes.
Uma noite, o Senhor dos Infernos
que fazia buscas em Pouso Alto
o escolheu para guarda pessoal.

*

Muitos fazem sexo nas paredes,
outros bebem depois do coito.
Mulheres tecem seus noivos

com os fios do meio-fio.
Rosas sobem as sacadas
levando facas na cinta.
O inverno chega e se dissipa.

Quando a cidade entra no cio,
todos se ferem com sorrisos.

*

Atrás do céu, a cidade dos mortos.
Daqueles que roubaram o celeiro
e se trancaram nos quartos,
daqueles que caíram das pontes
e hoje são peixes apodrecidos,
daqueles que vazaram os olhos
antes da noite fechá-los.

*

O sofrimento veio nos retalhar.
A mim, com dupla profundidade:
sou eu quem escreve a palavra dor.
A cidade é um anfiteatro
e só o vento representa.
Até quando o pesadelo?
Traze o ábaco e fica ao meu lado
fazendo teus cálculos inutilmente.

APÓCRIFOS

a)
Crimes são partes do céu
que solidificam na morte.
Para os juristas são estórias,
barbante dentro dos pães.
Sei de crimes e até os prometi
aos amantes mais sofridos.

b)
Não dês pelo amor todos os peixes.
Aqueles que te odeiam podem pagar
preço melhor pelo teu esforço.
Não dês pelo abraço o sentido final.
Quem te acolhe vai te dispor.

c)
O crime nunca é completo:
as estrelas continuam.
Não se pode dispersá-las
cerrando os olhos alheios.
Às vezes, abençôo aqueles
que, num ato de amor,
se enredam em concessões.

d)
Sombras, flores, ícones,
hinos, chamas, vitrais.
Também a branca secreção
é uma flor no meu altar.

f)
Muitos se arrependem em vão
de crimes que me agradam.
Como seriam belas as procissões
em cima de outros corpos!

ACTA SANCTORUM

1.

27 de janeiro.
Lourival, filho de bordadeira,
viveu desregrada mocidade.
Idoso, retirou-se para o campo
e ali lavou os pecados com alecrim.
Como trabalham os pássaros,
edificou a sua nova morada
com estrumes e trigo-bravo.
Quando faleceu, seu corpo
parecia um velho incensório
fumegando sem braseiro.

Retrataram a sua morte entre garças.

2.

12 de março.
Lúcia, cabeleireira, viúva,
aos dez anos cortou um cacho
tingido de ouro do menino Jesus.
Despertou-se a cobiça rua afora.
Denunciada no bairro do Trançador,
recebeu a Visitação Eclesiástica,
e seu corpo serviu de deboche.
Seus signos são a ramona, a thesoura
e a tina onde banham os cabelos.

Auxilia os mortos na escolha do penteado.

3.

16 de setembro.
Nathalia vivia acuada
pelo cão do jovem Jesus.
Mas nunca foi molestada,
embora usasse tranças.
Seus afazeres eram simples:
guiar os colhedores de café.
Perseguida por santos invejosos
(e os espias dos fazendeiros),
perdeu a visão dos caminhos.

Traz nos olhos dois alfinetes.

4.

3 de outubro.
O martírio de Inês, Flavio,
do sacristão Job, do prior
da Irmandade de Carrancas
e doutros devotos menores
fez desabrochar rosas
no panejamento da Virgem.
De tais martírios veio o culto
à flor do sofrimento : o lírio.
As violetas chegaram depois
com suas cassas vermelhas.

DISCÍPULOS

1.

Com os carapinas aprendi
a construir tetos apainelados.
RV – Ó queridos benfeitores!
No Desterrado de Bocaina
fiz dobras e meia dobras.
RV – Ó vizinhos do coração!
Sepultei no meu ventre
imagens e cenas malsãs.
RV – Ó irmãs de capa rosa!
Deixai os abraços tumulários!

2.

Chegamos de tão longe
para a viagem proibida.
Ó fruta que logo amadurece,
amadurece mais rápido.
Ó pão que logo fermenta,
fermenta em nosso corpo.
Temos ao lado a companhia
do *Agnus Dei*, os estigmas
e as mantilhas do bazar.
Ressuscita nosso pó.

APÊNDICE I.

Obras da coleção "Laranjal de feridas".

Oliveira, André de (1895-1943).
1. Vista do Morro do Cavaco, 1932.
Guache sobre papel, 38,2x50, 8 cm.
2. Panorama de Baependy, 1928.
Óleo sobre tecido, 48,5 x 80,2 cm.
3. Chegada de anjos na Estação Ferroviária.
Guache sobre papel, 35,2 x 60,8 cm.

Souza, Galdino Ferreira e (1821-1890).
1. O menino no divã da turca (c. 1872).
Aquarela sobre papel, 24,7 x 38,6 cm.

Autor não identificado
1. Descimento da Cruz e bando de graças, 1910.
Óleo em talagarça prensada, 85,5 x 60,2 cm.
2. Instrumentos de suplício: boqueira e vara, s.d.
Óleo em talagarça prensada, 32,5 x 19,5 cm.

Junqueira, Antônio de Assis (1880-?)
1. Arredores de Cruzília – Céu de Anis – 1916.
Aquarela e lápis sobre papel, 67,3 x 46,2 cm.

2. Fazendeiros aos pés de São Jerônimo, s.d.
Óleo sobre madeira, 108,4x 90,2 cm.

Rosendas, Nicolau Rosa das (1919).
Nogueira, Pedro J. (gravado por)
1. O vassoureiro (c.1900).
Litografia, 58 x 66 cm.
2. Irmão Francisco. Roda de jogos, s.d.
(Do tema: Mesa de apostas)
Litografia, 58 x 66 cm, s.d.
3. O cerco de Serranos, s.d.
Litografia, 58 x 66 cm.
4. Escadaria com cinematographo (1901). Litografia.

"*O coxo*", José da Silva (1802-1867)
1. Jesus confessa Jesus, s.d.
Xilogravura ,240,4 x 128,2 cm.
2. Jesus nos jardins do autor, s.d.
Xilografia, 86,6 x 48,3 cm.
3. Espinhos de Cristo em perspectiva
(1853) Óleo sobre tela.

Oliveira, Wagner de Castro (1985-)
1. Visitas ao campo, 1998.
Tinta ferro-gálica sobre cartão.
– Lírios do brejo
– Quedas d'água
– A Serra da Careta

*

Quando a noite adensa,
cerro os olhos.
Deixo na janela
uma vasilha com água:
meu ofertório
para a lua passante.
O poema na soleira
fica para quem o tocar.

*

Azerves protegem
o frágil amor.
Não se sabe o dia
de vento forte.
Laranjais chegam
em peregrinação.
Trazem sementes
e a boa notícia
das ervas pagãs.
O que ele pede
registra o cálamo
na sua escrita.

*

O que havia não era
natureza- morta com pêras,
o tom azulado das uvas.
O que havia nas paredes
era tão-só pigmentos,
desejos que ali secaram.
Era o dístico fome-vinho,
a nudez pelas banheiras,
impulsos engomados.
Aquelas vivas pinturas
são bagas de fina linhaça,
cascas de outro tempo.

*

Lembra-te do fogo
circunavegando
o velho colégio.
Lembra-te bem
daquelas fugas
circunscritas
ao teu medo.
Não tarda o sol
– thesouro tísico –
ungir teu corpo
com penumbras.

*

Sobre as tábuas
a flor-de-macieira.
Veio da encosta
antes da chuva.
Todos iam visitá-la:
o triste cróton, a erva,
a paineira morta,
o botão-de-ouro,
as begônias.
Até quando ela estará
longe dos ramos,
extirpada da Santa Ceia ?

*

Primavera é um comboio
que nos leva ao inverno.
Bois floridos se afastam,
suas horas desidratam.
Em cada esquina ou rua
a mesma dor se repete.
Seguindo os amantes,
eis a sombra ajaezada.

*

Na cidade somos oiro
que outro ser persegue
para uso diário.
Logo pela manhã
deixamos as moradias
pelo pó das ruas.
Na sonoute, só
a lua nos bem acolhe.

Aqueles por quem vela
se livram da vigília.

*

O rio é nosso amigo:
pode nos ferir,
jamais nos torturar.
Em suas águas não se vêem
rancores nem lisonjas.
Para nossos filhos será o mesmo.
O abacate e as cantáridas
são testemunhas.

*

Por um hábil mecanismo
os anjos se movem.
Ocupam os salões nobres
e o focinho dos animais.
Eles se tornam vinhetas,
viram esporas, chifres,
amarantos no quintal.
Nenhum funcionário pode
retirar suas pupilas.

*

Quero me despedir
do besouro lucano
antes da lua cheia.
Quero me aproximar
da borboleta esfinge
na hora do ângelus.
Que minha pele sirva
de terra e folhagem.

*

Separamos as favas
para a próxima refeição.
Suas vírgulas
– verdes dançarinas –
permanecem frescas.
O fogo as ameaça.
Quando as servimos
em malga translúcida,
são apenas relíquias.

*

Em ponto- cruz, delicado,
o canário voa na talagarça.
No miolo há flores
em lúcida profusão.
Amarelas e ocres
são pássaros vegetais
no círculo do bastidor.
Vê, ainda te espero.
A poucos metros da janela
onde a cidade é convulsa,
seremos diluídos.
Ninguém vai nos inserir
na memória.

*

Sobrevivem no meu corpo
anjos agônicos e tristes.
O que fazem não sei.
Fere-os a penumbra.
Depois da chuva
são os mesmos.
Escrevem suas quimeras
com typos imóveis.

*

Poemas são pedaços de pão:
se alguém toma um deles,
não se sustenta o dia todo.
É necessária outra medida
                    de cereal,
uma tigela com verduras
e o assento para a ceia.

VENTO DIVINO

1.

Queria ver teu rosto sempre ao meu lado
e nunca o rosto de deus.
Sei que ele não poderia envelhecer comigo.

2.

Se antes a noite nos unia, hoje é fria lâmina.
Agora, meus pés não se importam no que tocam.
Triste é a cidade: ruas calçadas para enterros.

Na tua ausência, que parte do mundo é sagrada?

3.

A lua é grande e chove.
A lua vai para Virgínia, volta de Virgínia.
Onde quer ficar a lua, a santa lua?

Ela escapou do corpo da minha amada.

4.

Quando te vejo esqueço meus poemas:
são feridas em minha boca.

5.

O anjo que fuma mora na matriz
de Pouso Alto e fica à direita do Pai.
Quando visito o templo,
coloco um cigarro em seus lábios
e sei que ele fuma olhando os fiéis.
Quem celebra a missa veio do inferno
e manda escová-lo com pano de chão.
Todos os meses, em penitência,
ponho tabaco em sua boca de gesso.

8.

É melhor unir os corpos no prazer
do que devolver, um dia, o amor a deus.

BOCAGE

1.

No calabouço, fiquei junto
de meus juízes e até hoje
os tenho por companheiros.
O clero pesou minha vida e meu fardo.
Por que os ventos foram contra?
Por que se faz de modo contrário?
Desde então, vivo em torno
de meus quartetos: quatro paredes
e a terceira sombra dos sonetos.

2.

Mais um dia se arrasta e me leva
aos pés de Deus, que, estando
embriagado de meus poemas,
aprendeu comigo a rasgar
os pecados da Eternidade.
Dele me aproximo, adoentado,
a sobrepeliz gasta e inútil,
o gosto pelas Musas desfeito.
Diz a lenda que a formosura
(quer do homem ou da mulher)
enthesoura moedas no Criador.
A Ele me dirijo arrependido
do que fiz e deixei de fazer.

3.

Apodrecem as fructas do Brasil
– após longa e triste viagem –
apodrecem os poetas da Colônia
– mesmo salgados em vasto mar –
apodrecem, e tu sabes, Marília,
que jamais serás tão amada
por outro, de outra linhagem.
Ó perfume de palavras!
Quão férreas são as tuas grades
e cruéis as tuas lanças!

4.

Segui teus conselhos, amigo, e me pus
a seguir a primavera. Logo atrás do feno
vi corpos lascivos debaixo de touros,
flores no descaso das penteadeiras,
pássaros e abelhas cheios de virtudes.
Ela, inocente, seguia pelas montanhas
enquanto o inverno já preparava
as armadilhas do próximo ano.
Amigo, tua voz só me trouxe tristezas:
sandálias e caminhos geminados
e, por prêmio, o vício e o castigo.

5.

A morte toma seu mel com sossego
e cá ficamos co'as caras estupefatas:
vem o príncipe e vem de novo
o mesmo príncipe atrás do príncipe,
com ardis já conhecidos.
Amigo, saboreia o meu pesar, a ferida:
já se passou um ano e de novo
a primavera se enrosca nas teias.
Morfeu sabe dos fatos, e Lisboa
dorme debaixo dos veludos.

Nascemos para amar, passado o tempo.

6.

Aqui, Marília, os bois de mola,
presos na montanha, me enternecem.
Ai, Marília, estampados no fustão
os teus seios ainda me aquecem
na enfermidade, na hora sem peso.
Vivo dedicado ao teu nome, centro
do meu verso, da Posteridade
que sopra dos becos de Alfama.
Marília, com teus pertences,
enfrento os meus tiranos.

*

não seguirei *ab aeterno* o sol
nem serei garça de outra garça.

à morte nada sucede
a não ser o farto vazio.

ancila citada pelos poetas
a alma a ninguém servirá.

o céu não refaz o ser
iniciando-o de novo.

seria perda factual
postergar o poema.

*

voltando do Ribeirão vê-se
o depósito de lixo.

há-de se crer que algo do meu ser
está entre os entulhos:
a rosa que resiste à ferrugem
as fotos molhadas de um álbum
páginas do *Rubra Casca*.

meses depois ao ver o lixo
penso comigo:
- o tempo de me encontrar já se passou.

onde quer que estivesse o meu ser
ele não resistiria.

*

cerquei o tempo com fogo.

retratos queimados
a Serra da Garça em cinzas.

poejo ardendo nas mãos
rosa-santa incinerada.

ainda procurei teu rosto
entre as flores calcinadas.

ao corpo ausente serve
o veraneio da alma?

espero pelo sol
o conforto de sua sombra.

*

ela arrumou o leito.

cobertor lençol fronha
o gomil cheio de sombras.

uma cabeça de gato cortada
na salva de duas alças.

maçãs e pêras ardentes
vinho molhando os pés.

a duas léguas e um espinho
Itamonte é triste pedra.

nos arredores não se sabe
quem vem buscar os seios

*

dize-me voz repetida
quem trouxe as chamas?

do próprio corpo elas vieram
ruivas rosas abrasadas.

faúlhas se desfiando
das palhetas *macchiaioli*

e o fogo céu acima
queimando as estrelas.

mostra-me as provas
"aqui está o retrato
tua amada mezzo-tinto."

dize-me voz repetida
"aqui está o retrato
tua amada mezzo-tinto."

dize-me voz repetida

*

três meninos e a lua
na praça de Pouso Alto.

os quatro amordaçados
sabem do meu segredo.

são de louça os meninos
a lua vem do cinabre.

um deles já se trincou
ao dizer o nome em vão.

fingem quatro amigos
apenas três sinceros.

*

o Monte Azul fala aos bois
e tal mulher perscruta:

ter emprego no casarão
bom salário em Virgínia.

abajur de azeite amarelo
e no chão sinais do sexo.

avenca canastra moendas
a mais-valia do corpo.

o restante é longo atalho
dos loucos sem a loucura.

*

eles se abraçavam na sala
como cobras que se picam
dando filhos de pedra
aos alicerces das casas.
em plena luz do dia
caranguejos órficos
dormiam em seus braços.

quando ela o deixou
tornou-se uma montanha
para a solidão escavar.

*

amo a cidade quando as flores negras
brotam nas árvores.
amo as torres roxas e os demônios
que alli nasceram.
amo as estrelas mortas de Pouso Alto
as janelas grávidas.

em gosma do pai e do filho
ad. lib impregnado de calomel / ãa
dá-me a cura pelo poema
o respeito às palavras.

*

as garrafas estão rindo
de quem tem sede maior.
o pai a filha a cidade?
a noite vem primavera
desse lençol não se foge.
as garrafas estão rindo
do vício e sonho paternos.

onde vai dar esse rio
o pai a filha a cidade?
as garrafas estão rindo
de quem tem sede maior.

*

escurec escurec
a vista não alcança
a luz interior.
viajo de volta
tocando nos marcos
de eucalipto.
não leio proclamas
o triste evangelh.
a sombra desce
na fac e na alm.

*

nu em ponta seca
sob pasta malaxada
a lua e teus seios.

motivos menores fiz
vaso c/ sobrancelhas
retratos de ossos puídos.

o acervo de nossos dias
foi paliçada de unhas
e azuis doentios.

alla breve e ligaduras
em noites sem pautas.

*

ela recebeu nome cristão.

nem por isso
os deuses do Oriente
vingaram-se.

alguns apóstolos ciumentos
apregoaram contra.

mas houve por bem
um sutil acordo.

seus cabelos cresceriam
livres das crenças

e a morte apenas levaria
as presilhas.

*

amar é despir-se para exibir
a carne a outro mortal.

é saber inócuo qualquer desejo
que não seja por outro desejo nutrido.

é ver o sorriso fugir do corpo
atrás de palavras banais.

é o apego profundo à frieza dos ossos.

*

provei sete vezes ao dia
a hora extrema.

depois das síncopes a ressurreição
uma só em tantas contrações.

por fim o tempo se rendeu
e a noite exibiu objetos
de brilho eterno.

estrela ausente.

por mais amorosos que sejam os deuses
o que é a serenidade?

*

curvada sob o vento
Pouso Alto outrora tísica
agora respira o kitsch
das luas de crepom.
seus mortos só deram cinzas.
dois vieram da Itália
na época das Sociedades.
cavaram as sombras de Minas
e alli tiveram pastos e filhos.
Modigliani ficou para trás
desenhando a neta.
ó ilusão dos arquivos
serras altas da Mantiqueira.
ser borboleta e seguir os bois
até o matadouro.

*

sou minhas próprias abelhas
caramujos e montanhas.

lagarta de finíssima pele.

levo as almas ao Rio Verde
se elas clamam afogamentos.

a lontra dorme molhada.

em sénias capelas sepulto
o sol e alguns poemas.

88 borboleta Callicore.

nos seios trago os ovos
a ânsia do Criador.

aranha fiando a morte.

*

por alguns dias as guitarras
tocaram juntas.

estive onde nunca penetrei
onde não há vestígios
da laboriosa indústria da alma.

estrelas juntavam-se a mim
por alegria
e comigo ficavam depois das noites.

não havia destino de capa dura.

*

a noite escorre na montanha
inunda a praça de carvão.

rosas fugindo das toalhas
amarelo debruçado na ponte.

pinheiro que expele o verde
ruas de pequenos horizontes.

compreendo a cidade e assisto
ao balé das coisas mortas.

o irmão preso no silo
o primo que virou dinheiro.

ah violetas de Pouso Alto
amargo sortilégio.

*

saio pelos campos a copiar
as árvores do ano passado
a lua presa em seus ramos.

pinturas fauves de um amor
que leva de mim seus corantes.

escorços de rubra casca
ela à frente das buganvílias.

faço telas de tintas fortes
amarelo da manga espada.

mas tudo se estraga no tempo
o corpo a arte o amor.

*

antes eu fosse partitura sem notas
não ter que transitar entre os velhos
fosse tão-só o outro lado da montanha
o sol que nunca nasceu.

antes os porcos tomassem o meu corpo
por soro e continuassem a engorda
de seus destinos.

canto o baixo calão da cidade
em silêncio.

*

sob luz amarelada
o mal de Hansen & outros
na cidade rua sitiada.

certa noite mostraram
a extensão das feridas.

fui atrás de remédios
lagos e seus emplastos
paredes raspei rosas fervi.

só a dor cura a si mesma.

*

sou ferido pelas estrelas
(as mesmas que comeram
os músicos de Ayuruoca).

o que elas desejam de mim
que o céu não lhes pode dar?

andei e fiz poemas à lua
(a mesma lua que iluminou
o rosto de minha amada)
para pensar os desgostos.

o que o tempo busca em mim?
eternidade na finitude?

*

quartos para o amor.

Virgínia sabe-se mulher ou cidade.

os lobos já estiveram ali
antes de nós na outra noite.

salve o piano dos loucos
sem o teclado sol.

quartos para o sexo.

o teto que sempre cai
nunca chega à cabeceira.

*

por que o amor me escolheu
se existem corpos mais frios?

por que não cortejou as pedras
que chocam a sua prole nos rios?

não sabes a resposta
quieto em teu olhar sincero.

aceito a dor e leio o salmo
excluído dos Salmos.

*

durante o dia granizos
caíram em Pouso Alto.

amantes (ou partes deles)
foram vistos atrás da igreja
onde nascem bois alados.

o sol chega quieto traidor.

não deixa transparecer
sombras reservadas.

*

as atribuições de um pintor em Pouso Alto:

estudar as leis do escorço
copiar as instrucções dos mestres
desenhar flores do campo (macela alecrim malva)
pintar motivos garridos nos azulejos
elaborar temas para ladrilhos hydraulicos
retratar padeiros ferreiros estucadores
fazer aquarelas e vistas da cidade
esboçar figuras de mulheres sob o dístico *mirabile visu*
catalogar as obras de artistas nativos
cunhar bezerros em barro
ensinar caligraphia
estampar varandas quintais guarda-ventos
tesouras guizos dobradiças (em bico-de-pena)

observando as leis da constrição
antes que tudo se torne pó.

*

depoimento

do autor de *Rubra Memória*

aquela noite acoitou-se em mim como um animal.
nenhuma rosa fervida poderia doer mais aos olhos
de seu jardineiro do que as estrelas à minha frente.

o rosto dela afastava-se no céu
onde os canários perdem as togas amarelas.
eu mal sabia que os corvos dentro dos pães
logo estariam revoando em meu ser.
aquela noite não acabou mas está incólume
como uma fruta do Oriente que amadurece
à medida que me acostumo à escuridão.

*

montanhas estrelas.
hoje à noite dez funcionários
estarão sepultados.

pergunto ao vigário
de Águas Turvas se os ossos
servem de suporte à alma.
tais questões vêm do acaso.

também os deuses
não procuram sobrevida?
batem à porta ansiosos
por nossa existência.

e cedemos.

*

a ovelha violeta estuda
com padre Gêronimo Baptista.
que par de belos amantes.

padre Gêronimo ensaia "Laudamus"
e oferece-lhe goiabas.
o rio sustenido é sempre
o rio sustenido (salvo nas cheias).

padre Gêronimo pientíssimo
lecciona sem pecados.
a flor é mais bela no púbis.
quem pode negar?

*

já não encontro o teu corpo
aquietado numa abside.

procuro-te entre as pedras
dentro dos tinteiros de chifre.

ficou a alma sobre a carne
como nas telas impressionistas.

o vazio agora me aperta
à medida que se revela
e a tinta mestra se apresenta
com pincéis dolorosos.

peço refúgio ao esquecimento
ao Conselho das Sombras.
nunca serei o livro iluminado
pelas cerdas de tuas mãos.

*

auto-retrato em dezembro

agora usando corretor
para a bolsa ocular e a calva
já seguindo silencioso percurso;
o nariz bem feito e o sorriso triste
de quem há dias caminha
entre os muros de Utrillo;
cabelos brancos e u'a obstinada
crença de que a luz vive por si;
tez clara voz baixa e grave
enfim um rosto semelhante
àqueles que provaram as perdas.

*

o galo do azulejo voa
ele que não sabia voar
procura farelo no céu.
à porta do Reino canta
ele que mal sabia cantar
nos desenhos do ladrilho.

o anjo vem chegando
com tigelas de couve.

o caçador de boa mira
acertou a porta do Reino.
sepultamos o anjo-flor
e o galo do azulejo.

*

a boca cerrou para sempre
na fotografia.

nenhum deus pode abri-la
nem forçar os lábios.

no bosque sem fim
o retrato do morto. *Barthes, 20*

olhos abertos que não dormem
cabelos cacheados.

compreendo.
aos poucos sou engolido
pela *camara oscura.*
não tarda serei (também)
um abismo qualquer.

*

igrejas sem direitos preferidos:
Igreja da Misericórdia, Egreja
dos Velhos Anjos, do Senhor Secco,
das Paixões, Segunda Egreja
Bella Serra, Egreja do Chapéo,
Egreja do Asilo Eterno, Primeira
Igreja da Graça Amorosa, Capela,
Capela Quase Moça, Egreja do
Porco Vingado, Capela-hospício,
Matriz do Cervo Azul, Terceira
Edícula Colada.

*

irmãos.

que proveito tem o homem
de todo o seu trabalho erigindo muros
para conter as encostas de Pouso Alto?

o vendaval salta os paredões
nada impede seu rebanho
de pastar as cabeças.

a igreja foi trabalho em vão
cavaram silos e a lua passou.

todos os dias os corpos comem
as fructas do esquecimento
e o amor não deixa sinais no lençol.

a minha solidão seja com todos vós.

*

auto-retrato

outro aspecto do meu rosto
é a solidão talvez adquirida
em meados de abril ou maio
quando o sorriso não postula
qualquer alegria e meus olhos
tomam a tristeza dos cegos.
a boca o nariz e outros cortes
comportam a dor em demasia.
daí as sombras da face
apagando a vela interior.

*

auto-retrato

que não tarda mas já vinca
meu rosto com tristezas
carte-de-visite recusada
quando o dia chega ao fim.
moda e vaidades do ser! não.
mestres ainda trabalham
minha face e a eles
devo o que nela se agrega
de penumbras.

o que me isola ou enfraquece
é a veracidade dos meus olhos
frente ao vazio.

*

tens outro nome gravado
no meu coração **II** sendo este anno
o ponto exímio de minha solidão
III vives além dos aphorismos
como os deuses que temem
a presença dos mortais **IV** faze
de mim teu poema em outras bocas
V a coreografia dos cometas
na Serra do Ausente **VI** perdi
o livro que foi escrito
dentro de teu ventre **VII** dize

que os céus condenam o falso amante
e faz dele o primeiro leitor
de seu próprio engano
VIII e na tua confissão ao guarda-voz
explica-me **IX** qual a doença
que fez a lua inchar.

*

em minha dor **X** em qualquer
ferida luminosa vejo impresso
que *esse sol já se perdeu* *Freitas, 23*
XI claramente *tudo é sempre*
despedida.

XII meu ser
quando tinha por perto sua amada
não previa a barbárie
que se segue após a perda
XIII o vazio
XIV a solidão
XV a ruína
das villas amasiadas com a morte.

*

auto-retrato

se os ossos de minha face
ainda insistem em harmonia
é pelo vento que preenche
as cavidades dos olhos.
o punho se faz de pedestal
                    [para o queixo
e alli arranjados e sombreados
meus dias fitam o espelho-mundi
onde as imagens da noite passada
não se articulam na memória.

*

atribuo esta tristeza à minha permanente
distância dos motivos ilusionistas:
copos-de-leite gigantes
anjos colados em grude
tabuleiros de limpar peixe
teto em saia-e-camisa
ovos de ouro e outras verdades afins
que me insuflavam a vida.

não é fácil não é fácil mesmo
manter-se no cavalo adestrado
em todo o percurso.
conhecemos o caso do serventuário
que viu a tinta secar no tinteiro.

*

por que este rosto me atrai
se ele é como a capa do toureiro?
por que busco *allegro assai*
pouso na Serra do Ausente?

ai percevejos coloridos.
rezei com as preás do campo
preces beneditinas.
pontuei com a minha dor
o trecho em *staccato*.

quem segue pelo Córrego da Creança
vê signaturas partituras
besouros de nove cores ai cores:
verde Ayuruoca verde Berberia
verde Estiva verde rua dos Lobos
verde Agonia verde Loucura
e o verde Último-de-março.

*

en résille

teus lábios vão trincar
como as peças *en résille*.
o que fazer?
isso também os deuses
fazem comigo
por questã de honra:
sopram-me como palha
e sopram-me de novo.

como pintar espigas

em papel claro
molhado de pó
do céu para baixo
faça o douramento.

com pincel fino
do solo para cima
risca contornos
profundíssimos.

no centro da pintura
entre ventos amarelos
Majesta Domini
e a tua assinatura.

paisagens

na exposição *Paisagens*
de Pedro Rocha a estrada
avança papel adentro
[como se] [como se]
por alli nós estivéssemos
sob as sombras do lápis.

o fundo branco do suporte
cava sua luz no crayon
[porque] os destinos
são pigmentos casuais.

natureza-morta

corpos inertes.
na caixa de pintura
frascos panos tubos
óleos e pêlos da noite.
as maçãs de pura cera
sabem o que faríamos
se o tempo permitisse
a mobilidade.

por que não usar rosto
mui claro em pinturas

o arqueamento pode se dar
entre os supercílios
e a tristeza vir à tona.

sob as sombras de face interna
o escuro pode alargar-se.

é inútil trabalhar os solventes
quando a secura dos lábios
espalha-se na luz dos olhos.

recomenda-se pano virgem
que nunca foi tingido
ou linho em trama firme
que suporte o sofrimento
dos pincéis.

por que não se deve
pintar novo amor em
linho usado

antes o corpo no bastidor
que as telas já pintadas.

se não houver outro suporte
e o linho voltar ao quadro
cuida bem dos vernizes.

às faces dá mais películas
do que é de hábito fazer.

sabe-se que o sofrimento passa
de uma imagem para a outra.

por que não se orientar
pelas luas

uma noite depois de caminhar
pediu pouso antes do Ribeirão.
as luas assustaram-se [àquela hora]
só havia tintas negras
iluminando.

gravura

entre as poucas gravuras
uma só existe do Senhor
entronizado em cartão.
suas ancas trazem desenhos
da matriz de Pouso Alto
assim por maneiras antigas
em ponta de prata.
no vermelho dos lábios
o vagão enforcado às seis
e a dureza das inscrições
debaixo da cera quente.

espelhos

se só existe a pedra-pó
por que vender______ em Pouso Alto?
o sr. Egreja está cansado
e não sai do leito para se pentear.
por que vender______ em Pouso Alto?
o próprio pai do sr. Egreja
já não tem rosto visível
ele que os ______ comprava.
há de voltar o vendedor sem negócios.
até a mulher de cabelos de corda
perdeu a vontade de se ver.
por que vender ______ em Pouso Alto?

vista de Pouso Alto
tomada de alhures

grupos de verdes
forram a paisagem:
montanhas igrejas
e o azul dos amarelos.
à direita do quadro
a contra-emboscada:
pó de vermelho
deambulando.

na rua central os solventes
lutam contra os secantes.

theoria

tenho anseios longes
de que serei feliz
os eucaliptos dançando
em Pouzo Alto.

minha theoria comprova
a perspectiva existe:

o ponto de fuga é
a linha do horizonte é.

um dia perderei
as coisas desejadas:
a solidão chegando chega
a flor secando seca.

ofício de pintor

alli armou cavalete
aqui ajeitou o banco
adiante mediu o poente
algures riscou a mulher
alhures os seus amantes
acima pintou a lua
abaixo o velho cipreste
aquém os cabelos em corda
longe a face do anjo
perto as sombras danosas.

exercícia

estando a lua intumescida
aplica-se laca da China
em camadas [finas e eternas]
até que o amarelo escureça
a ponto de não traduzir
qualquer expressão de amor.
acresce sombra molhada
em seiva de videira
tomando cuidado nas bordas
onde a luz força romper
a tela engomadas.

*

Em meus dias de clausura
(embora *sub judice* da vida)
vejo nos actos humanos
pinturas de artistas nabis,
chamas que perderam as raízes.
Ó vento que sopra outros ventos!
Os corpos cruzando as ruas
são mofos, escaras, móbiles.
O chumbo, de eterno renome,
perto deles se putrefaz.

*

Como se fincam pás no lixo,
os amantes se procuram.
O dia é longo, o volver sem fim
atrás da gordura e do mau-cheiro.
Tempos outros, tempos outros.
O desfloramento dos lábios
em maçãs de rubra casca.
Hoje, a *prima lauda*
é o esgoto da noite passada.

*

O que sobrou dos enterros,
o que sobrou dos jantares,
o que sobrou das sobras,
tudo, tudo te pertence.
Em teu colo dormem os porcos
que apodrecem antes do abate
e as flores murchas da Páscoa,
ai, a Páscoa das flores mortas.

*

Detritos sobem em teus pés.

Os panos sujos da cantina
anseiam por estar junto a ti.
Tua pele é o limite da cidade
onde tudo é despejado.
Ó nudez de incerta realeza!
Os dejetos são anjos fiéis
que fazem a corte à beleza.

*

Três gizes riscam o púbis
nos olhos, na boca, nas mãos.
Alli, a cidade evacua
quando quer e sempre quer.
Nenhuma lembrança de Delfos.
Ou de sândalos. Ou nardos.
O mais puro dos pregadores
faz o périplo do nojo.

Três gizes apagam o prazer
escrito na hulha rosada.

*

Ela exibe o ventre
– vera-efígie dos anjos –
nos aterros sanitários.
É a parte profunda do lixo,
a palavra sagrada.
Em seu rumo segue o esgoto
da cidade feliz.
Querem os artistas salvá-la
vomitando o seu retrato.

*

Nos seios escorre o suor
e outras rações do amor.
O prazer se perde nos ralos.

Coro: vinde, copos de cloro,
com delicado veneno.

As pernas levam ao ventre
e às outras vasilhas do coito.
O abraço traz a morte.

Coro: vinde, copos de cloro,
com delicado veneno.

*

No brilho das estrelas
vemos o teu corpo.
Sobre ele a cidade urina,
urina o cavalo sem dono.
Ó triste luz interior
que nos leva à luz do sol!
Por que testemunhar
o sacrifício do belo?
Pelas estradas chegam
os jurados dessa farsa.

*

À mercê da morte, o ventre
se deixa penetrar pelo sol.
(Sabe-se que ele fecunda
até onde suas sombras alcançam).
Ah, essa presteza é própria
do fogo racemoso.
Acende o escuro nos pelos
e inicia os maus-tratos
na criatura iluminada.

*

A nudez, no seu jeito refinado,
abriga o corpo mais próximo.
Ao provar a fructa pobre,
acompanha o espírito.
Existe para esse atributo.
No enjôo se entrega ao gozo
e aos coletores de lixo.

*

As partes pudentes, o palato,
os seios, os órgãos de ornato,
tudo em lançadura se perde.
Triste monograma, o desejo
nasce por tédio ou desídia.
O que fermenta nas ruas
– escarro, carro – desvenda
as teias de um gasto Te Deum.

*

Tudo se finda no acto da concepção.
O amor é que se debate contra o tempo
procurando outras faces na cisterna.
Aprender? Nunca.
Fazer poemas e atirá-los ao poço
como se a verdade fosse cinzas.
Aprender? Sempre.
Jamais ocultar a dor e a miséria
que saem da alma para o corpo.

*

astrônomos vieram a Passa Quatro
por ocasião do eclipse de 1912.

na porta da hospedaria, lia-se:
não aceitamos pessoas com moléstias contagiosas
e que se preocupam com manchas escuras.

folheando os livros da época,
deparo-me com a relação dos sábios
e o relatório de cada um deles.

de fato, as sombras surgiram nos céus
contra a vontade do Senhor da Hospedaria
que, expulsando os filósofos e poetas,
fez a luz voltar ao sol.

*

fábula

– boa noite, Sr. Deão.
venho das terras castanhas
e não tenho onde pousar.

– cantavas de alegria.
agora pedes o convívio
de nossa irmandade.
olha a cidade que nos restou!
comemos o que foi semeado
há vinte anos e é pouco
nosso mantimento.
vai à casa de postigo verde
e dize que estás arrependido
de tua alegria.

*

um dia ainda veremos,
em alguma sala de S. Petersburgo,
as telas de Repin e Valentim Serov.

eu e tu, de mãos dadas,
frente ao retrato de Olga Shishmarev
(que escondia a alma em seu vestido)
apertaremos os dedos em segredo,
confirmando a vida, sobretudo.

depois, de volta a Pouso Alto,
seremos tão-só cópias desses óleos:
esquecidos e mortos.

*

depois de três anos, voltei
aos campos de milho.
só o vento alli estava como dantes.

debalde perguntei aos moradores
pela mulher de cílios alaranjados.

nenhum deles soube dizer.

por que ela haveria de esperar
se os grãos, após alguns anos,
apodrecem e tornam-se pó?

até as obras-primas ficam,
por tempo incerto, à mercê
das traças e tempestades.

disse-me um dos semeadores:
deus e outros de vaga importância
já estiveram por aqui
à procura de suas parceiras.

*

dizem os pintores de retratos
– aqueles voltados para essa arte –
que a luz baça alegra a linha escura
tal qual o incêndio ilumina as ruas.

um pouco que seja de claridade
aquece as sombras conduzidas à morte.

experientes que são nesse ofício,
convocam a meia-tinta
quando o breu avança sobre a imagem.

daí, a pincelada solitária
que nos dá a impressão de um anjo
conduzido às trevas.

*

há muitos anos
a borboleta rosa-de-luto trazia felicidade
(e felicidade não era pastiche de ser feliz)
para nós.

as flores de maracujá ofereciam os seus estigmas
(não como memória de sacrifícios),
mas como lúdicos instrumentos
da infância.

naquela época, o céu seguia a rosa-de-luto.

alegria era tudo o que existia antes dos deuses.

*

teu irmão sahiu d'aqui sábado último,
levando as peças da Funilaria São José,
conforme o teu pedido:

> dois vasos em folha-de-flandres,
> um regador de bico fino
> e os pequenos suportes de ferro.

encontrei também uma natureza-morta
onde havia flores miúdas em profusão
como nas cenas da velha arte religiosa.

tirei dela uma cópia em papel manilha
caso a encomenda venha a extraviar-se
pois, estando separado de ti há muitos anos,
temo que nova perda agrave a solidão.

*

o poema não pertence
ao espólio do poeta
como seus anéis e relógios.

não é justo que ele apareça
junto de outros objetos
que passaram pelo sacrifício da forma
e deixaram-se tocar.

o que se eximiu da transitoriedade
não pode estar no inventário.

*

os poliedros aterrorizam por suas faces.

nenhuma delas pode ser removida
sem que as arestas seccionadas
percam seus lugares nos corpos.

marcando os ângulos ABC,
desaparecidos nessa contingência,
é como se o Criador ficasse de lado
e o mundo fosse doado aos geômetras.

ora, a beleza de um rosto morre
e é sepultada nele próprio:
suas medidas não vingam
em outras figuras.

*

ao medir uma madeira sem alburno
i.e, sem a casca visível,
supondo que na Serralharia Luzia
haja um número considerável de ipês
alegrando as bestas do Apocalipse.

*

os cilindros têm duas bases iguais,
mesmo aquele antigo cylindro
definido como o ser que gira
em torno de si.

o seu lado superficial,
chamado de geratriz (alma)
sempre está exposto ao toque.

tendo o invólucro dessa figura,
acharás o seu volume (ossos)
e outras cousas passageiras.

*

se partires de um ponto incerto
para um ponto determinado A ou B,
por certo, desde os tempos de Marília,
encontrarás, nas Lyras, algo assim:
o amor é causa perdida, colméia
enxameada após o desespero.

vê o caso da garçonete
morta no segmento B-C
aos dois de maio de 1912.
ora, nessa mesma época, a lua
tomou de Minas a estrada
em nossa direção.

*

cone é a solidão gerada
pela revolução completa
de um triângulo ao redor
de um cateto, à maneira
da sombra no eixo
da face.

no amor, dois corpos
são iguais quando gerados
por desejos semelhantes,
base e vértice marcados
pelo mesmo crayon.

*

uma das normas mais antigas
é puxar o lápis sobre o papel
e nunca empurrá-lo.

conforme os mestres,
é preciso mantê-lo inclinado,
de modo a deixar as sombras
em perfeito equilíbrio.

quando exibimos os desenhos,
somos vistos pela imobilidade
dos gestos.

*

numa Balança de Roberval
coloquei teus cabelos ruivos.

no outro prato, os pesos
e uma parte da lua,
de forma que o travessão
nunca pendesse para o lado
mais triste.

em busca de equilíbrio
acresci grãos de chumbo
em ambos os braços.

*

da nossa existência deduzem-se:

a) o que é tido por limite do amor
escapa à área hachureada do círculo.
b) a reta que chamamos de vida
atravessa, em outros corpos, o vazio.

como é fácil de ver, os 2 itens referem-se
à perpetuação do desejo, nas situações:

a) quando a fortuna submete-se às leis
do papel milimetrado.
b) no caso de um dos Cavaleiros do Apocalipse
adiantar-se aos seus irmãos.

*

quando a notícia dos esponsais chegou,
estávamos descarregando os fardos de couro
em Ouro Preto.

mesmo se os ventos fossem a nosso favor
ou se libertassem das pinturas barrocas,
não chegaríamos a tempo de assistir
à cerimônia.

os funcionários conferiram todos os fardos
antes de liberar nosso veleiro
à viagem de retorno.

*

um cargueiro passa ao largo.

ouvimos o canto de sua tripulação
pois alli os corpos encenam
La Fuerza del Destino
em adiantada decomposição.

no anseio de saquear os mortos
os marinheiros do nosso barco
atravessam as montanhas a nado.

mas o capitão do cargueiro
dá o alarme antes do assalto
e corta as cordas do assédio.

*

o que escrevo é apenas um solilóquio.
não me cabe o cardo da memória.

outro corpo acorrentado à mesa
cumpre o ofício de escrivão.

faço anotações por vício da pena
e quando as montanhas ficam agitadas
ando sobre elas como o Senhor
em cima das águas.

*

pôs-se a lua no lugar do sol,
anunciando: terra à vista.

corremos até a proa, ansiosos.
desde a infância esperamos
pelo aviso.

(era tão só a neblina
moldada pelo vento.)

há muitos boatos a bordo
tais como: o caduceu perdido
            a rosa mystica
            o indez de ouro

e noites após noites revivemos o mito
por dez réis de mel coado.

*

corpos boiando sobre as montanhas
passam de bruços como couro de boi.

são indícios: de tempestade a sudoeste
                ou de barco arrastado.

rezamos por eles, sem conhecê-los.

não fomos nós, mas a Fortuna
que tornou rígidas as criaturas
movidas por cordas de tripa.

*

recifes são ossadas de zebus
debaixo do milharal.

faróis, naus encalhadas, portulanos.

de nada valem as recomendações
na tormenta.

tudo que fazemos para bem navegar
o tempo revoga.

falho se torna o ponteiro
dos instrumentos.

feliz quem navega a todo pano:
os dias soprando as noites
e as noites agitando os dias.

*

em nosso fadário, quantas terras.

levados pela correnteza,
seguimos em direção à lua
além Baependi.

aqueles que saltaram das barcas
foram levados à presença
de algum ente maior.

quem ficou cuidando das velas
também envelheceu.

*

nada vemos no horizonte.

carecemos de água nos tonéis
haja vista a secura dos ossos.

só a luz interior não basta
para a viagem prosseguir.

a memória logo esvazia
seu enganoso tinteiro.

sem qualquer esperança
as velas esfumam no céu.

sequer alcançamos o lugar
de nosso degredo.

*

navegamos pelos vales
abertos à tristeza.

outrora havia o pássaro
chamado sahy de colleira
e ele justificava o eu lírico.

navegamos pelos vales
abertos à tristeza.

o que foi um ato amoroso
agora é apenas sestro.

*

a longa viagem termina
quando os faróis nos levam
para dentro de suas sombras.

*

quando as nuvens vedam o sol,
chamamos a esse fenômeno de
"o cavalo sob a própria sombra"
e continuamos a viagem
de Pouso Alto a Christina,
saudando as janelas que se fecham
à nossa passagem.

temos feridas nos olhos:
a fé não precisa de luz
para nos guiar às cisternas.

confiamos na solidão e no pó
sem o qual não haveria o motivo
de nossa existência.

*

enquanto nosso pai trabalhava
na fábrica de fumo em corda,
minhas irmãs me levavam
para o bosque.

lá, exibiam suas borboletas
debaixo dos vestidos.

um moço da família Lorenzo
levou Lívia pelos braços.
depois foi Leda que seguiu
o outro moço da dita família.

à minha irmã mais nova
coube encenar a face de Circe.

*

roubou os cálices do altar
e fugiu de Carmo de Minas
levando as peças no seio.

conforme a leitura esplanada
do Sermão da Fidelidade,
ela não passa de uma ladra.

em Congonhas raptou dois anjos
para adornar o membro viril
de seu cobiçado amante.

*

sempre fica uma imagem residual
do objeto amado
que resiste às especulações.

embora haja recursos
para ampliar os grãos da imagem,
o que está impresso não está ali.

a face que ora vemos é apenas
uma das faces que tinha fome.

*

um aluno do Curso Chardron
                    encardenou
suas photos em rica cartonagem.

tão belas imagens conseguiu
impressas em papel sépia
que, vindo a Passa-Quatro
leccionar as artes menores,
recebeu o título de mestre
pelos doutores da villa.

convidado para expor
na Santa Casa de Caridade,
exibiu doze photos de Leda,
notoriamente nua.

*

o vendedor de filmes Lumière
visita o nosso estúdio.

traz emulsões e sais de prata
em vidros tamponados.

também entrega encomendas tais:
bromato, fotômetros, filtros
e água-régia para dissolver
os douramentos.

nossos retratos estão à mercê
de um caixeiro-viajante.

*

ora, "com uns livros junto ao peito
lá fiquei photografado", escreveu
Leda d'Água Calheiros Mazarda.

eu "co'as mãos ainda em carne"
aguardava a revelação do Espírito
nas cópias de papel Ozalid.

*

tudo o que me anima vem do vento,
das nozes e das formigas generosas
que dão testemunho de minha dor.

erro as datas – tão precárias –
dos dias felizes ou felices.

que sentido existe para o sol
que brilhou em tempos idos?

tenho uma alma dissoluta
que se distrai alimentando as pombas
antes do sacrifício.

*

as pedras dementes, aquelas
que dizem *ego sum*, sinalizam
a estrada de Virgínia.

só os tolos seguem as placas
crendo que os signos ali inscritos
conduzem de bom alvitre
à cidade.

nós, que já perdemos a crença
nas Ordenações,
damos ouvidos apenas à sabedoria
daqueles que abrem as covas.

*

ó moradores da câmara escura,
do mundo interior.

para aumentar a luz do dia,
submergem as provas positivas
no azul de metileno.

a fim de unir os lamentos
às cenas festivas, trocam os ácidos
na revelação.

---

só o tempo dá veracidade
aos simulacros.

*

um céu de anáguas cobre
os pequenos animais: o padeiro,
o dono da Casa Paiva, o seleiro.

a lua sai do barro: sete anos esquecida.

porventura os olhos de minha amada
são círios de latão?

sim, desde o Século das Luzes
lá estavam.

*

o alecrim adormece
no *Colmeal Emílio Schenk.*

não importam o destino,
os fumegadores, o formão,
a cera alveolada, as telas,
o invisível e as coisas manifestas.

tudo envelhece na beleza:
o apicultor e o mundo.

*

ele chegou à procura de um rosto
na época em que os ciprestes
(e todas as coisas mortas)
ainda gesticulavam.

perguntou pela aluna
do Collegio de Passa-Quatro.

quando deu por ela no papel,
a noite pôs fim à visita.

*

quem vagava pela cidade
agora dorme acompanhado.

Tutti – aqui estamos reunidos,
os pés debaixo da relva.

quem tinha atrás de si a multidão
hoje descansa em sua cova.

Tutti – aqui estamos aquietados,
os pés debaixo da relva.

*

já viste uma tourada de pinheiros?
o vento com suas esporas?

(olha a boca de tua amada,
o céu vermelho da garganta.)

ouviste sobre eucaliptos de chifre?
flores de casco perfumado?

(observa o abraço que fere,
a palavra que se dissipa no ar.

o sofrimento das ervas te punge?
o pólen estancado é a morte?

(não confies na memória.)

*

os animais comprados em Pouso Alto
eram mui letrados, e o pai de um deles
estudou no Caraça antes do incêndio.

foi graças a ele que chegamos à ponte
da Fazenda Água Limpa, em Contendas,
de onde passamos, na sexta-feira santa,
para o lado dos Vicentes e Taboão,
tão alegres quanto os peregrinos
à porta da cidade.

*

a lua acaricia
sua face negra.

alguém vai chegar
de longa viagem.

no vagão cargueiro,
o corpo desejado.

cruzam os céus
aeróstatos de seda.

os cometas estão de volta
antes da hora.

meu amor aproxima-se
da plataforma.

logo será feita
a pesagem do destino.

*

apega-te aos guardiões do tempo
e toma posse daquilo que é teu:
as clepsidras, os relógios de pêndulo,
os calendários e as peças menores (1)
que trabalham em tua carne
como escape livre.

---

(1) a língua, os seios, os dentes.

*

ele pintava retratos.

evitava as poses dramáticas,
pois ali estão as armadilhas.

espargia primeiro os escuros
antes do rosa claro.

para conferir as pinceladas,
dava um passo atrás.

sempre via uma luz mortiça
conspirando nos cabelos
de seus clientes.

*

as flores de ferro fundido
murcham sobre a mesa.

tu, caro leitor, imaginas
que a face de Heliodora
ainda é um thesaurus.

mero engano é o teu desejo
de acrescer um tempo impróprio
às coisas perecíveis.

o que tem vida sempre é corroído:
quer seja o ventre de uma vestal,
quer seja o falo de um deus.

REFLEXÕES DE VIAGEM

1. Memento mori

as aves fugiram do atrium:
aqui ficamos sem esperanças.

vamos ao mercado por contingência
daquilo que nos rói por dentro
e amamos destituídos da Graça.

quando o sol dá início ao dia
as sombras maceram a luz.

fingimos que o tempo não passou
para as coisas sem forma e essência.

por que nossa memória tornou-se
luminoso memento mori?

2. Quem cuidará dos numerais?

resistimos ao vento leste
resistimos ao vento sul.

antes da lua de Pouso Alto
que lua havia no céu?

a hora não é de perguntas:
é hora de fugir das horas
que ficaram para trás.

cavalgamos em grupo de seis
seis destinos em dispersão.

quando a última instância chegar
ai quem cuidará dos numerais?

a hora não é de perguntas:
é hora de fugir das horas
que ficaram para trás.

3. Nosso roteiro é nossa confissão

se a Constelação de Órion
é melancólica e a lua-régia
se compadece de sua falsa luz
o que dizer de nós vicários
de um deus sem nome?

tomamos como roteiro
nossa própria confissão
e a fala do ser ausente
nos torna mais devolutos.

4. Lições de tecelagem

ao lado da taboa
ao lado da espátula
o empalhador trança
a passagem do tempo.

primeiro o fio da urdidura
depois os fios da trama.

remata-se por baixo
a louca guarnição.

somos seu discípulo
sem mover os dedos:
ofício que exercemos
até mesmo no sonho.

A SORTE DA TERRINA

dentro de uma terrina moravam
o favo, a flauta e o anel.

certa noite, viram-se afogados
numa mistura de cola e verniz.

no abandono daquele pote,
ficaram à espera de alguma alma
que viesse salvá-los do infortúnio.

ao saber daquele revés,
a cegonha colocou a cerâmica
sobre uma trempe aquecida.

os religiosos aludiam àquele fato
com palavras de dúbio sentido:
entre tantas moradas de barro,
só eles caíram nas graças do fogo.

A INVEJA

o cavalo posou para a foto
e foi logo à casa do corvo
mostrar a sua elegância
ao lado do Governador.

a ave sequer moveu a cabeça,
pois ainda não era tempo
de pronunciar-se.

no dia seguinte, a caminhonete
que transportava o cavalo
caiu numa ribanceira.

ao ouvir a boa notícia,
o corvo pôs-se a gralhar:
onde? onde?

A ROLDANA

a cantarolar vivia a roldana
vendo as estrelas cadentes.
na cova celeste, os astros
têm lá suas razões, pensava.

e os dias passavam iguais
como um lírio dentro do outro.
às vezes, o velho mecânico
ajustava a longa correia
e o encaixe das traves.

embora sempre postergada,
a inércia sondava o eixo.
um dia tal, no inverno,
o duvidoso se fez certo.

a morte travou a corda
e iniciou seu próprio canto.

A FORTALEZA DE FENO

o galo escondeu-se
dentro de uma meda.

disseram-lhe que o vento
ia por o céu abaixo
quando os sinos soassem
suas línguas de bronze.

não cantou naquela noite,
nem nas outras seguintes.

esperava que o tempo
desse por tudo olvidado.

quando queimaram a meda,
sentiu como fora tola e vã
a sua inocente fé.

INVENTÁRIO

depois de minuciosa busca
encontraram na oficina do ganso:
um furador de vaivém,
duas grosas inglesas,
uma escova de cabo largo
e um serrote com dentes de flores
usado para dividir o mundo
em partes desiguais.

coube aos seus herdeiros
guardar as peças na moela
até o fim do inventário.

OS CÃES

perdemos muitas oitavas de ouro
na fundição de nossas almas.

temos um ano a menos na contagem
como se nos faltasse o tempo de vida
de um esquilo ou galo china.

(as estrelas sobrevivem aos séculos:
elas são de outra estirpe.)

só os cães do campo-santo
chegam ao fim da existência
uivando a mesma nota.

OS AFAGOS DA ARTE

inquirido sobre seus retratos,
o porco assim testemunhou:
– não dei valor à arte,
mas é ela quem adianta o passo
em minha direção.

e fitando as telas onde foy feliz
numa epocha de falsas aparências
instruía-se para receber da morte
as últimas pinceladas.

A DÚVIDA

na orelha do porco riscaram,
em lápis calcado: Danaë.

– um trompe-l'oeil – confirmou
o mestre em artes, tomando
uma pintura de Correggio.

para dar seu veredicto, o barbeiro
raspou a outra orelha do animal,
tendo antes o cuidado de amarrá-lo.

– nada vejo de Correggio – declarou
depois de acurada observância.

desde então a dúvida reinou
sobre quem fora o iludido.

O JUSTO DESCANSO

depois que quebrou o dorso,
a ventania afastou-se de seus
[afazeres.

procurou uma cova para abrigo
e passou seus últimos dias
lendo os destinos recolhidos
durante os temporais.

não mais se arredou da morada
que lhe dava o merecido sossego.

lá fora, as estrelas e os corpos
agora moviam-se por suas próprias
[atribulações.

ANIMAIS Q. SONHAM

como os animais q. sonham,
iniciamos uma romança.

das montanhas laicas vieram
o feno para o nosso alimento.

a traças doaram as marcas d'água,
e os touros ajudaram a cavoucar
a nossa incursão nas palavras.

era uma romança de amor cortês,
feita apenas de febre terçã.

como os animais q. sonham,
fomos levados ao matadouro.

A ÚLTIMA PALAVRA

sepultaram a garça
entre duas lamparinas
para que levasse a luz
na hora da travessia.

então, o percevejo
cobiçou o mesmo destino,
dizendo que entre candeias
faria o seu percurso.

também o moscardo revelou
a sua última pretensão:
uma urna de jacarandá
no meio de fogos-fátuos.

---

ninguém se dava conta
de que a noite é que decide
a profundeza das trevas
e o que se leva de archote.

PHOTOPINTURAS

ao avistar uma montanha, ajoelhavam.

ó esses caramujos enjeitados,
expulsos das lagoas e vargens!

temiam as photopinturas,
a cólera-morbo e, acima de tudo,
temiam a face humana.

EPÍLOGO INSEPULTO

um dia, o escritor e o epílogo
entraram em discórdia.

durante o grave bate-boca,
a discussão e os gritos ecoaram
até a casa da mandassaia.

– se me fosse dado tomar partido,
seria a favor do epílogo –
disse a abelha sem ferrão.

– como as estações do ano,
os escritores chegam ao fim
e recebem honras fúnebres.

– quem fica insepulto é aquele
que espera pelos leitores.

POSFÁCIO

OS BOIS ALADOS NA POESIA DE EUSTÁQUIO GORGONE DE OLIVEIRA[1]

Prisca Agustoni

O presente estudo pretende abordar a obra do poeta mineiro Eustáquio Gorgone de Oliveira – nascido em Caxambu, em 1949 e falecido em São Paulo, em 2012 –, considerando, particularmente, a coletânea *Manuscritos de Pouso Alto* (Juiz de Fora: Funalfa Edições; Rio de Janeiro: 7 Letras, 2004). O livro se apresenta rico em imagens enigmáticas, cifradas, nas quais é possível entrever um mundo em processo de distorção. Essa característica não é exclusiva apenas dessa coletânea de poemas, ao contrário, é possível encontrar rastros de uma representação da realidade transfigurada em função do impacto que esta provoca na sensibilidade do poeta desde a primeira recolha em livro de poemas do autor, em 1974, com o livro *Delirium-tremens*. Inúmeras vezes, a esse traço expressivo, traiçoeiro – por não representar um real "tal qual ele é", mas "tal qual ele se dá" à percepção sensível do artista – , foi atribuído uma vinculação com a corrente estética do surrealismo.

No entanto, é nossa intenção mostrar aqui como a poética de Eustáquio Gorgone de Oliveira se aproxima de uma estética expressionista, por revelar um processo de construção textual embasado numa percepção do mundo decorrente de uma sensibilidade próxima àquela manifestada pelos expressionistas alemães.

Vejamos, a esse respeito, e para introduzir nossa reflexão, este fragmento retirado do livro *O expressionismo*, de Roger Cardinal (1988, p. 63): quase todo pintor expressionista insiste ser fundamental que haja uma mudança de enfoque, no qual a visão do mundo real centrada no espírito (ou essencialista) prevaleça sobre a visão que se restringe ao olhar

---

[1] A versão eletrônica desse texto, acompanhada de uma seleção de poemas de Eustáquio Gorgone, está disponível no site da Revista Escamandro XANTO| Os bois alados na poesia de Eustáquio Gorgone de Oliveira, por Prisca Agustoni – escamandro - 01/10/2018.

– "o olhar mítico é, para mim, o fundamento de todas as artes" – escreve Barlach, acrescentando que "ter visões é a capacidade de ver com os sentidos " – aparentemente uma afirmação da preferência do artista por uma entrega quase mediúnica à experiência da percepção, em oposição aos estados de distanciamento crítico controlados intelectualmente.

Nos poemas de Gorgone, encontramos disseminados estranhamentos intraduzíveis pelo *logos* humano, uma manifestação que revela a origem sensível, toda interior, que gerou essas visões. A linguagem empregada, muitas vezes, trilha o percurso dos mitos – aqui ecoando as palavras do pintor alemão Barlach –, convocando o real e o imaginário para o desafio da apreensão e da estruturação desse mundo inteligível, uma vez que os mitos têm a vantagem de encarnar situações específicas de cada indivíduo, confrontando-o com os mitos de temas universais, aos quais o indivíduo se sente religado por identificação. Vejamos o fragmento do poema n.57, que coloca em vista exatamente essa questão: "mulher e lua alucinantes/ a executar a tarefa dos mitos/ em repetir o destino humano". A condição humana, na sua tragédia, entre grandeza e finitude, ilusão e eternidade, e a constante ameaça da morte, está toda resumida no ateliê da memória, que "em seu veículo/ apenas reúne as perdas/ seculares" (poema 57).

Talvez seja por esse fundo de universalidade que a poética de Eustáquio Gorgone de Oliveira nos fale tão próxima e conhecida. Esse encantamento provocado pelos seus versos é o mesmo que experimentamos ao ler o também mineiro Guimarães Rosa, ou o mexicano Juan Rulfo, o poeta italiano Giorgio Caproni ou, ainda, a poeta angolana Paula Tavares, autores que souberam construir a partir do olhar sobre o local uma poética universal, que traça o itinerário humano, entre peso e leveza, amor e abandono, cegueira e clarividência, fragilidade e vitalidade. Todos eles mostram esse itinerário através de uma linguagem que, ao invés de revelar apenas a claridade do mundo, faz alusão a elementos inexplicáveis. No caso do poeta mineiro, essa realidade apresenta traços de um real deformado – como se estivéssemos olhando uma pintura de Edward Munch –, pela subjetividade do poeta, que se volta em direção ao espaço da sua interioridade e da "realidade interna do fenômeno" (CARDINAL, 1988, p. 63).

Vejamos, no poema n.16, como a cena representada assume características que vão além do real, isto é, se aproximam daquilo que poderíamos chamar de "visões" ou de "segredos das sensações" (Macke *Apud* Cardinal, p. 63) do poeta: "eles se abraçavam na sala / como cobras que se picam / dando filhos de pedra / aos alicerces das casas. / em plena luz do dia / caranguejos órficos / dormiam em seus braços".

Ao longo do livro, Gorgone revela uma grande habilidade para estabelecer uma mediação entre os "manuscritos plurais" de Pouso Alto: de um lado, o manuscrito intraduzível, subjacente ao texto poético e anterior à palavra, resultado de um "mergulho espiritual" do poeta; do outro, o manuscrito decifrado, traduzido e fixado em palavras, em que é cura e danação, já que o poeta invoca, no poema 17, "a cura pelo poema/ e o respeito às palavras" para poder cantar "a cicatriz da separação" (poema 13) e "a felicidade não tola/ de ser apenas palavra" (poema 19). Como destacou Ítalo Calvino, nas *Seis propostas para o próximo milênio* (1990, p.90), "a palavra põe em relação o desenho visível com a coisa invisível, com a coisa ausente, com a coisa desejada ou temida, como uma fragilíssima ponte lançada sobre o vazio. Por isso o correto emprego da linguagem é [...] aquele que permite a aproximação às coisas (presentes ou ausentes) com discrição, atenção e cautela, com o respeito àquilo que as coisas (presentes ou ausentes) comunicam sem palavras".

Nesse sentido, a voz do poeta tem um valor epifânico, pois ao empregar determinadas imagens, sugere outro mundo, percebido apenas (e inicialmente) por seu olhar, que tem a dupla lucidez de pensamento e de sentimento. Da mesma forma, em relação ao sentimento, Santo Agostinho considerava o coração como o *ápice da alma*, o espaço da vida interior. E tal como Santo Agostinho nas *Confissões*, Eustáquio relata em *Manuscritos de Pouso Alto* a *peregrinatio animae* de um eu lírico que vive em tensão com o mundo, pois percebe o mundo mesmo como tensão, áspero e dulcíssimo. Nesse mundo apocalíptico e profético, de "laranjas cancerosas e perfumosas" (poema 25), a natureza cumpre o papel de mensageira, carregada de significantes prestes a serem consultados. Ela sabe ser uma mãe cúmplice do ser humano, amparando-o como a "bromélia [que é] pouso alto" (poema 2), a "rosa que resiste à ferrugem" (poema 3), ou as "sete montanhas de paina/ [que] já preparam o leito" (poema 61). No entanto, a outra cara da medalha revela uma natureza ameaçadora, onde surgem "filhos de pedra" (poema 16), "uma cabeça de gato cortada" (poema 6), "estrelas mortas e janelas grávidas" (poema 17) e "erva morta" (poema 11). Essa ambivalência da natureza responde aos câmbios que o olhar do eu lírico imprime sobre a realidade, já que ele orquestra o desvelar-se do mundo aos seus olhos.

A angústia do poeta, decorrente dessa constante tentativa de se reajustar ao real, dá lugar ao espanto, à maravilha, à medida que as suas relações com o real são renegociadas. Eis porque a "rosa que resiste à ferrugem" do poema 3 se torna "flor de tijolos" (poema 10), "estrela – pétalas de ferro – / em Pouso Alto florindo" (poema 15), "puras avencas de farpas" (poema 25), "flores negras" (poema 17), enfim, "flores calcinadas" (poema 4). Esse olhar recriador da realidade se dá sem defesas, isto é, o poeta está ciente da carga significante que condensa em cada imagem, já que sabe a hora exata de se misturar com o mundo num movimento de aproximação e de reconciliação, assim como a hora de se afastar. A partir dessa relação de fusão *versus* contemplação do mundo, o poeta adquire um olhar mais compenetrado em relação à vida, pois "em tarefas banais resultou/ o profundo entendimento" (poema 18).

É nesse momento que a sua poesia se aproxima mais da linha conceitual que sustenta a corrente estética do expressionismo, principalmente na maneira como se manifestou na pintura, na medida em que, de acordo com Cardinal (1988, p.31), "a transmissão direta das energias emocionais para a pincelada do pintor representa a expressão imediata de uma realidade fenomenológica, e seu imediatismo coloca-se de modo imperativo para o receptor". A tensão manifesta pelo eu - lírico em relação ao mundo decorre daquilo que Franz Kafka chamara de "a vida interna imaginária" (*apud* CARDINAL, 1988, p.61), ou seja, o transbordamento do imaginário que transforma / deforma a representação do real, atribuindo-lhes cores que impressionam muito mais do que aquelas da percepção comum.

A esse respeito, podemos reparar como Eustáquio Gorgone de Oliveira escreve: "faço telas de tintas fortes/ amarelo de manga espada" (poema 36). Impossível aqui não lembrar as telas em que Vincent Van Gogh expressa os vórtices interiores através de uma realidade distorcida pelas suas pinceladas. Nas telas apresentando a natureza morta, os amarelos das flores expressam muito mais do que a luz do sol iluminando os girassóis: eles expressam, ou melhor, simbolizam a força com a qual surge, no pintor, a angústia perante determinadas imagens, e a ameaça desse mal-estar se faz explícito, nas telas, através do preto que escurece o azul usado como cor de fundo de muitas telas dos girassóis.

No caso do poeta, seus instrumentos – adjetivos, verbos, silêncios – são conjugados na medida necessária para atingir não apenas a retina, mas, como diria o filósofo Max Scheler (1996), o *ordo amoris* do leitor, ainda que isso se faça com a singeleza e força de uma "manga espada", deliciosa, porém inquietante. O *ordo amoris* é o núcleo da ordem do mundo como ordem divina na qual o homem se situa. Antes de ser um *ens cogitans* ou um *ens volens*, o homem é um *ens amans*. Isso significa que aquilo em direção ao qual ele inclina o seu coração se torna para ele, a cada vez, a essência das coisas. A escala de suas preferências determina também a estrutura e o conteúdo da sua concepção do mundo, assim como sua disposição para atentar para as coisas ou para dominá-las. Mas, se a realidade é mutante, o sujeito se encontra numa situação de precariedade, pois não consegue encontrar apoio num espaço que se modifica e estremece à sua volta.

Por essas razões, a poética de Eustáquio Gorgone de Oliveira foi apresentada, inúmeras vezes, como contendo evidentes aspectos da tradição do barroco mineiro, e isso principalmente nos momentos em que o poeta realiza uma erotização do contexto religioso da cultura mineira. Sem dúvida, a referência ao mundo distorcido nos lembra a figura do Aleijadinho e as tensões manifestadas pela estética barroca. O sentimento que perpassa o livro, intermitência de prazer e dor, luz e sombra, provoca no leitor encantamento e espanto e se abre para uma interessante leitura fenomenológica. No entanto, é preciso acrescentar que a tendência que privilegia, em termos estéticos, os momentos de êxtase, inclusive erótico, é evocada com freqüência como uma experiência central ao expressionismo. Nessa direção, o erotismo representaria a manifestação de uma energia transbordante (CARDINAL, 1988, p. 65) e, ao mesmo tempo, o êxtase encaminhar-se-ia, se estimulado sob determinados influxos, para "uma euforia generalizada de fundo místico" (CARDINAL, 1988, p. 66).

Nos poemas de Gorgone, descobrimos que a obscuridade luminosa desses versos ("a vista não alcança/ a luz interior", poema 24) nos conduz à experiência dos místicos, na qual as visões do outro mundo se dão junto com o sangramento do corpo, como lemos no poema 11: "alguém tece o destino/ nos corpos que desfiam/ sangue após o corte". Assim sendo, fica para o leitor esse chamado para uma poética dos "loucos sem a loucura" (poema 12), em que "a carne retém o nome/ às vésperas de perdê-lo" (poema 53) e em que "expelimos a língua" (poema 38) para calar e assistir ao "amargo sortilégio" do "pinheiro que expele o verde" ou do "balé das coisas mortas" (poema 35).

O leitor atento dos *Manuscritos de Pouso Alto* perceberá que, atrás da aparente normalidade da "porta [que] se fecha" e do "quadro [que] está na parede" (poema 40), a natureza se exilou em um presente eterno como se, de repente, Medusa tivesse petrificado tudo ao redor, deixando "olhos fixos" (poema 8) e uma "meia lua" (poema 8) que logo se torna "de crepom" e "presa em ramos" (poema 36). No entanto, se o leitor aguçar melhor o ouvido, sentirá que há um mundo onde os sinais de vitalidade são gritos *sottovoce* de pessoas como "o vidraceiro [que] bebe vidros" (poema 41) ou os "casais de um só corpo/ à procura de seus membros" (poema 42). Pessoas que lembram as personagens dos quadros de Edvard Munch, silenciosos seres humanos gritando por dentro.

A urgência desses gritos humanos, desde sempre caracterizados pela perda, pela angústia e pela solidão, convoca na poesia ao convívio do real e do mítico a fim de recriar um mundo mais em acordo com a redescoberta da profundidade humana vivenciada *no* corpo e *na* alma graças ao movimento intencional do *amar*, que é "despir-se para exibir/ a carne a outro mortal" e "[ter] o apego profundo à frieza dos ossos" (poema 29). Em decorrência disso, não há razão para nos assustarmos com os "bois alados" que nascem atrás da igreja (poema 52), nem com os "caranguejos órficos" que dormem nos braços da amada (poema 16) e menos ainda com os "meninos de louça" surpreendidos no poema 9.

Ao longo do livro, o autor levanta questões e perguntas que tocam a definição ontológica do ser humano, como no poema 45: "o que o tempo busca em mim?/ eternidade na finitude?". Ao fazer isso, ele questiona também a condição existencial de cada leitor que se aventura a consultar os *Manuscritos de Pouso Alto*. No entanto, o poeta deixa de sobreaviso o leitor, para que não procure respostas nos manuscritos já que, logo depois no poema 50, afirma: "não sabes a resposta/ quieto em teu olhar sincero./ aceito a dor e leio o salmo/ excluído dos Salmos". Eis porque, para terminar, acredito que a única bússola capaz de nos orientar na paisagem poética de Eustáquio Gorgone de Oliveira seja o impacto da emoção estética provocada pelos versos. Porque a felicidade que brota dessa emoção está relacionada ao sentimento de algo que, na obra, nos diz respeito a nós mesmos profundamente, mesmo que nós não saibamos exatamente qual tecla da nossa intimidade ele vem tocar e despertar, desde o "segredo das nossas sensações".

Referências bibliográficas

CALVINO, Ítalo. *Seis propostas para o próximo milênio*. Trad. Ivo Barroso. São Paulo: Companhia das Letras, 1990.

CARDINAL, Roger. *O Expressionismo*. Rio de Janeiro: Jorge Zahar Editor, 1988.

OLIVEIRA, Eustáquio Gorgone de. *Manuscritos de Pouso Alto*. Juiz de Fora / Rio de Janeiro, Funalfa / 7 Letras, 2004.

SCHELER, Max. *Six essais de philosophie et de religion*. Fribourg: Ed. Universitaires Fribourg, Suisse, 1996.

REFERÊNCIAS SOBRE A OBRA

LIVROS PUBLICADOS

. *Delirium-tremens*. Rio de Janeiro: Editora Pongetti, 1974.
. *Minas*. Caxambu: Ed. do Autor, 1983.
. *Fuzis leporinos*. Caxambu: Ed. do Autor, 1983.
. *Sol versus sol*. Caxambu: Gráfica ABC, 1984.
. *Litogravuras*. Caxambu: Gráfica ABC, 1984.
. *Visitando a cidade*. Caxambu: Ed. do Autor, 1985.
. *Exercícios*. Caxambu: Ed. do Autor, 1986.
. *Comarca do Rio das Mortes*. Caxambu: Ed. do Autor, 1990.
. *Tear de imagens (antologia poética)*. Juiz de Fora: edições d´lira, 1990.
. *Girassol fixo*. Juiz de Fora: edições d´lira, 1995.
. *Passagem na orfandade*. Juiz de Fora: edições d´lira, 1999.
. *Pouso Alto*. Caxambu: Ed. do Autor, 2002.
. *O vazio segundo o poeta*. Caxambu: Ed. do Autor, 2002.
. *Talho-doce*. Caxambu: Ed. do Autor, 2002.
. *Manuscritos de Pouso Alto*. Juiz de Fora: Funalfa Edições; Rio de Janeiro: 7Letras, 2003.
. *Ossos naïves*. Juiz de Fora: Funalfa Edições; Rio de Janeiro: 7Letras, 2004.
. *Rubra casca*. Caxambu: Ed. do Autor, 2002.
. *A janela do verbo assistir*. Belo Horizonte: Fundação Clóvis Salgado, 2006.
. *O cavalo e a sombra*. (inédito).
. *Três verbos ajoelhados*. (inédito).
. *A fortaleza de feno*. Caxambu: Ed. do Autor, 2009.
. *O epílogo insepulto*. (inédito).
. *Antologia poética (1974-2010)*. Curitiba: Kotter Editora, 2022.

PARTICIPAÇÕES EM ANTOLOGIAS

. *Ler* (Revista de Cultura), nº4. João Pessoa, PB: Idéia Editora, 1991.
. *Literatura* (Revista do Escritor Brasileiro), nº 1. Brasília: João Scortecci Editora, 1992.
. *Dimensão* (Revista Internacional de Poesia), nº 14, 18, 22, 24, 28, 30. Uberaba, MG.
. *Antologia da nova poesia brasileira* (Org. Olga Savary). Rio de Janeiro: Hipocampo, 1992.
. *International Poetry Review: Brazil Issue.* Greensboro (USA): University of North Carolina, spring, 1997. Antologia organizada e traduzida por Steven White.
. *Ricerca research recherche.* Lecce (Itália): Dipartimento di Lingue e Letteratura Straniere – Universitá degli Studi di Lecce,nº 4. 1998. Cinco poemas do autor foram traduzidos, para esta revista, por Vera Lúcia de Oliveira.
. *Meteora* (I Cinque Elementi). Palazzolo sull`Ogli (Itália): Centro Artistico e Culturale di Palazzolo sull`Oglio, 2000.
. *Anto* (Revista Semestral de Cultura), nº7. Amarante (Portugal): Edições do Tâmega, 2000.
. *A Cigarra* (Revista Literária), nº35. Santo André: São Paulo, 2000.
. *Augusta* (Revista Semestral de Poesia). João Pessoa, PB: Idéia Editora, 2000.
. *Helicopetero*, V. 3-4. A bilingual edition. Poems translations to English / Castellano: Leslie Bary. Eugene: Oregon (USA), 2000.
. *Semicerchio: rivista di poesia comparata.* Firenze (Itália): Patrocinio del Dipartimento di Teoria e Documentazione delle Tradizioni Culturali, Facoltà di Lettere e Filosofia di Arezzo, Univ. di Siena, nº XXVI-XXVII, 2002. Seis poemas do autor foram traduzidos, para esta revista, por Prisca Agustoni.
. *Poesia em Movimento* (Org. Jorge Sanglard). Juiz de Fora: Editora UFJF, 2002.
. *L`Ortica* (Pagine trimestrali di informazione cultural), nº.90. Forlì (Itália): Centro Culturale L`Ortica, 2003.
. *Orfheu* (Poesia Contemporânea). Juiz de Fora: FUNALFA, 2004.

. *Poesia de Bolso* (Circuito de Literatura), nº8. Ipatinga, MG: Clube dos Escritores de Ipatinga, 2008.
. *Oiro de Minas: a nova poesia das Gerais* (Org. Prisca Agustoni). Cascais (Portugal): Ardósia Associação Cultural, 2008.
. *Il Corpo Dissonante – cinque poeti brasiliani contemporanei* (A cura di Prisca Agustoni). Lugano/ Svizzera: Editore Alla Chiara Fonte, 2008.
. "Poesie di Eustáquio Gorgone de Oliveira" (A cura di Prisca Agustoni). In: *Viceversa letteratura* 5. Bellinzona/ Svizzera: Edizioni Casagrande, 2011.

SOBRE A POESIA DO AUTOR

. AGUSTONI, Prisca. "Os bois alados na poesia de Eustáquio Gorgone de Oliveira". Conferência apresentada no I Congresso de Letras do Centro de Ensino Superior de Juiz de Fora, novembro de 2007.
. ALMEIDA, Márcio. "Zoologia poética de Eustáquio Gorgone em *A fortaleza de feno*". http://www.germinaliteratura.com.br/2009/livros_zoologiapoetica_por_marcioalmeida.htm, dezembro de 2009.
. FILHO, Hildeberto Barbosa. "A poesia seminal de Eustáquio Gorgone". João Pessoa, *O Norte*, 9 de maio de 1999.
. FILHO, Hildeberto Barbosa. "As imagens e a lucidez poética na poesia de Eustáquio Gorgone de Oliveira. João Pessoa, *Jornal João Pessoa*, setembro de 2002.
. FREITAS, Iacyr Anderson. "Passagens silenciosas de Eustáquio Gorgone". São Paulo, *Jornal da Tarde.*, 29 de janeiro de 2000.
. MOTA, Camilo. "Os ossos naives de Eustáquio Gorgone". Petrópolis, *Poiésis – Literatura, Pensamento e Arte*. Ano XI - Nº 111 – Junho de 2005.
. REIS, Marcos Konder. "Apresentação de *Delirium-tremens*". Rio de Janeiro: Pongetti, 1974.

OS POEMAS DESTA ANTOLOGIA FORAM EXTRAÍDOS DE:

. *Delirium-tremens* (1974): Baependi; Semana Santa; *Delirium tremens*; Mês de Maria; Soledade de Minas; Os doentes.

. *Minas* (1983): Minas é lágrima sebenta; Cada saliva; No alto, estripado pelo sol; Vejo Minas; Não existem mais florações; O bancário 1, 2, 3; Poemas de barro 1, 2, 3, 4; Novos poemas 1, 2, 3, 4, 5; O desfile 1, 2, 3, 4; A solidão 1, 2, 3, 4.

. *Fuzis leporinos* (1983): Há cavalos sobre os gerânios; A lua é uma máquina luminosa; A voz do pregador; Voltarei, um dia, para buscar; Ferro, fenol, fogo; Cárceres, masmorras.

. *Sol versus sol* (1984): O tempo; Matadouro (1,2,3,4); Poema Gris; Cemitérios (1,2).

. *Litogravuras* (1984): Despojando remorsos; Que os sinos morram sinos; Tua viagem; As flores da buganvília; Abrindo taramelas, cadeados; Se bem sabes o que é o canto.

. *Visitando a cidade* (1985): Há um menino; Réstias de alho escorrem; Se cruzasses o rio.

. *Exercícios* (1986): A depressão; A poesia vai sendo assim; Fugir não adianta; Tarde; São muitas as cores do escuro; Este é o teu filho.

. *Comarca do Rio das Mortes* (1990): Ao procurar nas Cartas Geográficas; Com banhos de ouro; Essas águas que passaram; Esteja sempre este sorriso de criança; Estes resplendores; Às vezes, antes do poema; A outra ponte; Ele trabalhava com as madeiras; Sobre a coluna a voluta a coluna.

. *Girassol fixo* (1995): Quando a hora já se desfez; O sol; Olho a cidade que veio do solo; Se o pensamento flui; Triste sol de Corpus Christi; Despeço-me de março.

. *Passagem na orfandade* (1999): Deixa o poema germinar; A luz já não existe nem flores; As cidades valem menos; Cremos que nossa segurança; Hóspede de páginas monacais; O amor não segue o curso do sol; Ao repor o sol no horizonte; Volta para ver o gervão azul; O amaranto floresce; Se estivesses aqui; Que meu trabalho seja providente; Aos 29 de junho; O pasto está vazio; Que teus poemas sejam.

. *Pouso Alto* (2002): A lua bate na torre da matriz; Chegou à cidade no inverno; Muitos fazem sexo nas paredes; Atrás do céu, a cidade dos mortos; O sofrimento veio nos retalhar.

. *O vazio segundo o poeta* (2002): Apócrifos; Acta Sanctorum (1, 2, 3, 4); Discípulos; Apêndice I.

. *Talho-doce* (2002): Quando a noite adensa; Azerves protegem; O que havia; Lembra-te do fogo; Sobre as tábuas; Primavera é um comboio; Na cidade somos oiro; O rio é nosso amigo; Por um hábil mecanismo; Quero me despedir; Separamos as favas; Em ponto- cruz, delicado; Sobrevivem no meu corpo; Poemas são pedaços de pão; Vento divino (1, 2, 3, 4, 5, 6, 7, 8); Bocage (1, 2, 3, 4, 5, 6).

. *Manuscritos de Pouso Alto* (2003): não seguirei *ab aeterno* o sol; voltando do Ribeirão vê-se; cerquei o tempo com fogo; ela arrumou o leito; dize-me voz repetida; três meninos e a lua; o Monte Azul fala aos bois; eles se abraçavam na sala; amo a cidade quando as flores negras; as garrafas estão rindo; escurec escurec; nu em ponta seca; ela recebeu nome cristão; amar é despir-se para exibir; provei sete vezes ao dia; curvada sob o vento; sou minhas próprias abelhas; por alguns dias as guitarras; a noite escorre na montanha; saio pelos campos a copiar; antes eu fosse partitura sem notas; sob luz amarelada; sou ferido pelas estrelas; quartos para o amor; por que o amor me escolheu; durante o dia granizos.

. *Ossos naïves* (2004): as atribuições de um pintor em Pouso Alto; depoimento; montanhas estrelas; a ovelha violeta estuda; já não encontro o teu corpo; auto-retrato em dezembro; o galo do azulejo voa; a boca cerrou para sempre; igrejas sem direitos preferidos; irmãos; auto-retrato; auto-retrato; tens outro nome gravado; em minha dor **X** em qualquer; auto-retrato; atribuo esta tristeza à minha permanente; por que este rosto me atrai; *en résille*.

. *Rubra casca* (2002): Em meus dias de clausura; Como se fincam pás no lixo; O que sobrou dos enterros; Detritos sobem em teus pés; Três gizes riscam o púbis; Ela exibe o ventre; Nos seios escorre o suor; No brilho das estrelas; À mercê da morte, o ventre; A nudez, no seu jeito refinado; As partes pudentes, o palato; Tudo se finda no acto da concepção.

. *A janela do verbo assistir* (2006): astrônomos vieram a Passa Quatro; fábula; um dia ainda veremos; depois de três anos, voltei; dizem os pintores de retratos; há muitos anos; teu irmão sahiu d'aqui sábado último; o poema não pertence; os poliedros aterrorizam por suas faces; ao medir uma madeira sem alburno; os cilindros têm duas bases iguais; se partires de um ponto incerto; cone é a solidão gerada; uma das normas mais antigas; numa Balança de Roberval; da nossa existência deduzem-se; quando a notícia dos esponsais chegou; um cargueiro passa ao largo; o que escrevo é apenas um solilóquio; pôs-se a lua no lugar do sol; corpos boiando sobre as montanhas; recifes são ossadas de zebus; em nosso fadário, quantas terras; nada vemos no horizonte; navegamos pelos vales; a longa viagem termina.

. *O cavalo e a sombra* (inédito): quando as nuvens vedam o sol; enquanto nosso pai trabalhava; roubou os cálices do altar; sempre fica uma imagem residual; um aluno do Curso Chardron; o vendedor de filmes Lumière; ora, "com uns livros junto ao peito; tudo o que me anima vem do vento; as pedras dementes, aquelas; ó moradores da câmara escura; um céu de anáguas cobre; o alecrim adormece; ele chegou à procura de um rosto; quem vagava pela cidade; já viste uma tourada de pinheiros?; os animais comprados em Pouso Alto; a lua acaricia; apega-te aos guardiões do tempo; ele pintava retratos; as flores de ferro fundido.

. *Três verbos ajoelhados* (inédito): REFLEXÕES DE VIAGEM: *1. Memento mori; 2. Quem cuidará dos numerais?; 3. Nosso roteiro é nossa confissão; 4. Lições de tecelagem.*

. *A fortaleza de feno* (2009): A sorte da terrina; A inveja; A roldana; A fortaleza de feno; Inventário; Os cães; Os afagos da arte.

. *O epílogo insepulto* (inédito): A dúvida; O justo descanso; Animais q. sonham; A última palavra; Photopinturas; Epílogo insepulto.

Impresso em papel pólen bold 90 g
primavera de 2022